GULLIVER

1021

Eva-Maria Schmid

Ein krasser Sommer

Roman

EIN **GULLIVER** VON **BELTZ & GELBERG**

Für meinen Bruder Claus

MIX
Papier aus verantwortungsvollen Quellen
FSC® C008492

www.gulliver-welten.de
Gulliver 1021

Lektorat: Susanne Härtel
Neue Rechtschreibung
Markenkonzept: Groothuis, Lohfert, Consorten, Hamburg
Einbandgestaltung: Max Bartholl
Einbandbild: Eva Schöffmann-Davidov
Gesamtherstellung: Beltz Druckpartner GmbH & Co. KG, Hemsbach
Printed in Germany
ISBN 978-3-407-74021-2
2 3 4 5 15 14 13 12

Inhalt

Leaving Las Vegas

Um es gleich mal klar zu sagen: Der letzte Sommer hatte als regelrechter Alptraum begonnen. Dass dann doch noch alles anders gekommen ist als vermutet, weil mein ganz spezielles Immunsystem völlig zusammenbrach, konnte ich damals ja noch nicht ahnen.

Meine Mutter hatte ihren fünften Lebensabschnittspartner per Anzeige im Internet gefunden. Sie hatten eine Weile hin- und hergemailt, sich ein halbes Jahr!!! lang getroffen. Mal bei uns in unserer schönen Wohnung, mal bei dem in seinem blöden Haus …

»Kinder, dieses Mal ist es der Richtige. Wir ziehen zu ihm aufs Land!«

Steffen, Heike und ich mussten unsere Sachen packen, goodbye friends and lovers, und uns wieder mal auf Wanderschaft begeben.

Bloß weil der Typ ein Haus hatte. In der Provinz. Das muss man sich mal vorstellen!

Wir zogen in ein Dorf. Eines dieser typischen Spargelzüchterdörfer mit Kirche im Ortskern und idyllischen alten Sandsteinhäusern außen rum, nicht weit von Karlsruhe entfernt. Toll! Das hatten wir doch schon mal, als wir mit dem Schafzüchter in den Schwarzwald mussten. Aber das war wenigstens richtig auf dem Land gewesen. Das hier war nicht Fisch und nicht Fleisch. Eher Gemüse (schlechter Witz, ich weiß).

Wir wohnten jetzt in einer *Einfamilienhaussiedlung*, im Kirschblütenweg 5! Und an den Eingang hatte meine Mutter ein selbst getöpfertes Namensschild mit Girlande gehängt:

Hier wohnen
Christiane Ritter und Robert Bernauer
mit Nadja, Heike und Steffen

Kotz, Würg!

Lauter junge Familien mit Kindern und Sandkästen und Plastikschaukeln im Garten … Aber Gott sei Dank war es wie gesagt nicht sehr weit weg von Karlsruhe, meiner alten Heimatstadt, meiner Fluchtburg, in die wir nach den verschiedenen Episoden meiner Mutter immer wieder zurückgekehrt waren, und ich konnte jederzeit mit dem Bus oder der S-Bahn dorthin fahren.

Karlsruhe – my personal Las Vegas!

Unsere bisherige Wohnung, alles weg, zwangsweise umgepflanzt! Eines wusste ich: In diesem Ort und diesem schrecklichen Haus würde ich keine Wurzeln schlagen. Mitten auf dem Land, Spargeläcker, so weit das Auge reicht, in direkter Nachbarschaft die Landesvollzugsanstalt mit Hochsicherheitstrakt. Praktischerweise ist eine psychiatrische Klinik in der Nähe und auch der gute alte Rhein, falls man sich kurzerhand entschied, seinem Leben ein Ende setzen zu wollen. Wenn man es so betrachtete, eine ideale Infrastruktur für eine Familie (ha, ha) wie unsere.

Steffen, mein kleiner Bruder, der in dieser Beziehung ziemlich schwer von Begriff ist, freute sich noch, konnte sich mit seinen neun Jahren nicht vorstellen, was da wieder auf uns zukam, und war total in den Neuen vernarrt.

Robert, Nummer 5, war bisher Single gewesen, ohne Kinder, und stürzte sich nun voller Enthusiasmus und gnadenlos in seine Aufgabe, uns glücklich zu machen. Dass wir das vierte Familienexperiment gerade mal so knapp überstanden hatten und wir sozusagen – meine Mutter im wahrsten Sinne des Wortes – mit einem blauen Auge davongekommen waren, wusste er. Leider konnte er aber nicht verstehen, dass wir nicht die geringste Lust auf eine fünfte Variante hatten. Wir wollten einfach unsere Ruhe haben und sonst gar nichts.

Diesem Typ waren wir nun auf Gedeih und Verderb ausgesetzt. Wir mussten Familie spielen. Wir sollten mit ihm Radtouren machen, um die Umgebung zu erkunden und unsere neue Heimat kennen zu lernen. Er wollte uns Vokabeln abhören, und wenn wir einfach nur rumhängen wollten, kam er dahergetrottelt und fragte mit betroffener Miene: Kann ich euch helfen?

Das einzig Positive war, dass er immer ganz schön Kohle rüberwachsen ließ, aber das war eigentlich nie ein Problem bei uns gewesen. Meine Mutter hatte sich immer gut gebettet.

Wenn ich an meine Mutter denke, dann fallen bei mir, wie bei einem Kaleidoskop, ganz viele Mütter durcheinander. Je nachdem, was für eine Phase wir gerade durchmachten, hatte ich entweder eine vegetarische Mutter – oder eine Business-Mutter, als sie mal kurzfristig in einer Werbeagentur gearbeitet hatte – eine karottenrote Mutter, als sie sämtliche Hennavarianten ausprobierte – eine Schafe züchtende Mutter, dies bei unserem Landexperiment mit Nummer 3 – gar keine Mutter, wenn sie ausrastete – oder eine Mutter, die so tat, als wäre sie meine Freundin, und mir Dinge erzählte, die ich gar nicht wissen wollte.

So eine Art Mutterchamäleon.

Momentan hatten wir eine ernsthafte Mutter, die es sogar durchgehen ließ, wenn ich Mama sagte, obwohl sie eigentlich lieber Christiane genannt werden wollte.

Meine Mutter ist eine große Frau mit schwarzen Haaren und lebhaften hellbraunen Augen (die ich leider nicht von ihr geerbt habe), schlank, temperamentvoll, immer in Action, immer mit irgendeinem Projekt beschäftigt und nicht übel, wenn sie gut drauf ist. Und zur Zeit war sie ja gut drauf, weil Nummer 5 da war.

Ich war nicht gut drauf!

Dass ich einfach schon zu alt und ausgelaugt für Familienexperimente war, dass ich mein Leben schon fast hinter mich gebracht und von den Männern meiner Mutter total die Schnauze voll hatte, das konnte dieser Typ nicht begreifen. Wie auch?

Heike und ich hatten noch zu gut die beiden letzten Experimente in Erinnerung. Nummer 3 war total Öko und Heimwerker, das war der aus dem Schwarzwald. Wir waren so was von angenervt von seiner ständigen Rumquengelei und setzten auf passiven Widerstand, sprich, wir ließen ihn einfach auflaufen. An Weihnachten, das ist jetzt schon fast drei Jahre her, hatte er allerdings den Vogel abgeschossen. Als wir das sorgfältig in Zeitungspapier eingewickelte Geschenk auspackten, hielt jeder von uns ein Paar Birkenstocksandalen in der Hand. Darüber konnte sogar meine Mutter nicht mehr lachen.

Aber trotzdem warf sie uns Monate später noch vor, dass es mit diesem Typ hätte klappen können, wenn wir in der Mülltrennung nicht so kläglich versagt hätten. Dabei war sie es gewesen, die eines Morgens, als sie uns in die Schule fahren wollte, den Schlüssel in den Müll warf und mit der Mülltüte das Auto aufzuschließen versuchte.

Nummer 4 dagegen war für uns völlig unproblematisch. Den hätten wir locker integrieren können. Das mit dem Müll war für ihn absolut easy. Er ließ die Bierflaschen einfach auf dem Couchtisch stehen, und es war ihm scheißegal, was wir mit ihnen machten, Hauptsache, am nächsten Tag stand wieder die gleiche Menge eisgekühlt im Kühlschrank.

Aber das passte nun wiederum meiner Mutter nicht.

Styling I

Auf jeden Fall hatte ich bei dieser Sache ein ganz mieses Gefühl.

Heike, meine kleine elfjährige Schwester, ein verhuschtes und ständig beleidigtes Etwas mit einem langen, blonden Haarvorhang, hinter dem sie sich dauernd versteckte und die mich tierisch nervte, war sowieso völlig durch den Wind, da sie befürchtete, dass auch dieses Experiment scheitern und meine Mutter dann wie damals unbeweglich und mit verheulten Augen auf dem Sofa sitzen würde.

Und auch Steffen würde dann ausrasten, weil schon wieder ein Vater ihn verlassen hatte. Und dieses Mal war er sich doch so sicher gewesen! Und wir wären dann wieder auf dem Fast-Food-Trip: Steinofenpizza, American Pizza, Pizza mit Schinken, Gourmetküche aus der Mikrowelle, heiße Hexe, Currywurst, Chips und Schokolade. Und meine Mutter wochenlang irgendwo draußen im Weltraum. Orientierungslos herumfloatend, abgekoppelt von unserem Raumschiff.

Jeder denkende Mensch kann sich vorstellen, was das für Auswirkungen auf mein Gemüt und auf meine Figur hatte. Ich sah aus wie die pummelige Kleine aus »Ferien auf Saltkrokan«, die mit Bootsmann, dem Bernhardiner.

Das Buch ist von Astrid Lindgren, kennt ihr vielleicht nicht, ist aber echt süß!

Übrigens eines meiner Lieblingsbücher aus meinen unversehrteren Tagen. Da hatte meine Mutter die geniale Idee gehabt, mich mit einem Leseausweis für die Stadtbücherei zu versorgen. Ich habe alles verschlungen, was mir in die Hände kam, und konnte es kaum erwarten, in die Erwachsenenabteilung zu dürfen, wo die *richtig* interessanten Bücher waren. Dass ich ein paar Jahre später dann lesestoffmäßig wieder bei den Kinderbüchern angelangt war, hing wohl damit zusammen, dass ich so krass Probleme hatte und mich deshalb am liebsten in die alten Kinderbücher versenkte und mich wegträumte. Ich habe damals selbst vor »Pumuckl« nicht Halt gemacht! Erzählen konnte ich das natürlich niemand.

Nun ist aber der große Unterschied, dass das Mädchen in dem Lindgren-Buch fünf ist, und ich bin sechzehn! Mein großer Traum ist ja, wie eine der coolen Bräute von MTV auszusehen und so irre tanzen zu können. Auf Grund meiner Lebenserfahrung bin ich allerdings eine absolut sachliche und realistische Person. Und es ist mir natürlich klar, dass ich im Leben nie so aussehen werde!

Ich musste mir also ein anderes Konzept ausdenken.

Der erste Tag in der neuen Schule würde übel anstrengend werden, das war mir klar. Ich hatte bis zu den Sommerferien genau drei Monate Zeit, mir in der neuen Klasse eine Position zu schaffen, und wie schwer das ist, wenn man mitten im Jahr in so eine Provinzschule kommt, kann sich ja jeder vorstellen. Neue werden nicht mit Samthandschuhen angefasst, die werden auf Nadelkissen gesetzt, die für die Lehrer unsichtbar sind. Ich war mehr als entschlossen, mich entsprechend vorzubereiten. Es war Freitag, und ich hatte noch drei Tage Zeit, mir etwas zu überlegen.

Ein kritischer Blick in den Spiegel bestätigte meine Befürchtungen. Ich fuhr mit der Hand durch meine Haare, mittellang, schwarz, viel zu dick, um lässig zu fallen. (Hey, die ja sieht aus wie Prinz Eisenherz! Danke!)Und dann die Augenbrauen: mehr Augenbrauen als Augen, große Mondsicheln mit Knick in der Mitte. Bumerangartig. Scheußlich. Eine viel zu blasse Haut. O Gott, meine Nase! No comment!

Ich zog eine Grimasse vor dem Spiegel, imitierte mit meinem ziemlich breiten Mund ein Dracula-Grinsen und knurrte. Nun ja, wenigstens meine Zähne konnten sich sehen lassen. Und meine rabenschwarzen Augen! Ich funkelte mich an. Ich hätte ein Raubtier werden sollen.

Ich drehte mich hin und her, betrachtete mich angewidert von allen Seiten und zupfte an meinem Bauch: sechzehn Jahre, keine Kontur, kein Format, keine Ausstrahlung, langweilig, mausgrau und viel zu dick.

Es war erst Mai und doch schon ziemlich heiß. Alle würden mit bauchfreien Tops in der Schule erscheinen. In so einem Fall gibt es eigentlich nur eine Alternative: Wenn man so aussieht wie ich, muss man sich noch hässlicher machen. Dann wissen die anderen nicht, ob man von Natur aus so ist oder ob man es nicht vielleicht absichtlich so gemacht hat, weil man wahnsinnig cool ist und diesen ganzen Schönheits- und Fitnesskult total verabscheut.

Ich holte Mamas Nähkästchen, schraubte mir meine drei Glitzerstecker aus dem Ohr und hängte die größten Sicherheitsnadeln hinein, die ich finden konnte. Dann ging ich in den Keller und durchforstete das Heimwerkererbe, das Nummer 3 uns hinterlassen hatte, gelte meine Haare mit Tischlerleim und ließ sie wie riesige Spikes von meinem Kopf abstehen. Dazu noch weißes Make-up, pechschwarz umrandete Augen, sämtliche Ketten, die ich finden konnte, und das Hundehalsband meines süßen Cockerspaniels, der uns irgendwann im Laufe der zahlreichen Völkerwanderungen abhanden gekommen war. Wir haben ihn einfach verloren. Aber sein Halsband mit Hundesteuermarke und Adressenanhänger war noch da.

Ich setzte mich auf den alten Bürostuhl und ließ das Halsband durch die Hände gleiten. Bilder von damals tauchten auf. Wuschel! Mein Hund. Mama hatte ihn mir geschenkt, um mir den Umzug in den Schwarzwald leichter zu machen. Ich hatte ihn als kleines, kuscheliges, hellbraunes Welpenknäuel bekommen und ihn sofort ins Herz geschlossen. Überallhin habe ich ihn mitgeschleppt und ständig ist er mir hinterhergetrottet. Geschlafen hat er, sehr zum Leidwesen meiner Mutter, in meinem Bett. Er hat sich neben meinen Kopf gelegt und mir ins Ohr geschnarcht. Und dann ist er bei einem Spaziergang, wo wir uns alle ganz schrecklich in die Haare kriegten, weil keiner von uns zugeben wollte, wer die Hühnerstalltür aufgelassen hatte, abgehauen. Und wir haben es zu spät bemerkt.

Er hat wohl Wild gejagt und wir haben ihn nicht mehr gefunden. Vielleicht hat ihn einer erschossen.

Aber egal. Das ist lange her und Schnee von gestern. Ich musste mich um wichtigere Dinge kümmern. Keine Zeit für Sentimentalitäten!

Ich legte mir das Halsband um und in den teuren Schottenrock und das dazupassende T-Shirt schnitt ich Risse. Risse, überall Risse. Das ganze Outfit schien mir für meine Lebenssituation total angemessen. Mit dem Zeigefinger misshandelte ich lustvoll die schwarzen Strumpfhosen, bis schöne, dicke Laufmaschen das Teil wie ein Spinnennetz durchzogen.

Ein geiler Nebeneffekt war natürlich auch, wie mein neuer Stil bei Nummer 5 ankommen würde. Hoffentlich schleppte er uns nicht zu einer Erziehungsberatungsstelle. Da waren wir nämlich schon mal gewesen, aber die haben auch keinen Einfluss aufs Internet und unsere Mutter.

Vielleicht würde er ja auch einen Herzinfarkt bekommen. Immerhin war er schon fünfundvierzig. Ich warf noch einmal einen Blick in den Spiegel und war hochzufrieden mit mir. Ich sah furchtbar aus.

Als ich in die Küche kam, saßen alle außer Robert am Küchentisch. Heike las in einem ihrer Pferdebücher und meine Mutter nagte an einem Kuli und brütete über ihrem geliebten Kreuzworträtsel. Robert war gerade mit seinem Kochtopf beschäftigt.

Steffen hockte wie ein Häuflein Elend mit verlorenem Blick über seinen Rechenaufgaben, die er von der Nachhilfe bekommen hatte, damit er in der neuen Schule den Anschluss nicht verpasste. Das arme Kerlchen! Ich glaube, Buchstaben und Zahlen sind für ihn böhmische Dörfer. Er schaute auf, öffnete den Mund und schloss ihn wieder.

»Hi folks!«, warf ich lässig in die Runde.

Dass Robert, Nummer 5, mimisch nicht mehr zu bieten hatte und sich auch sprachlich nicht äußern konnte, hat mich dann doch etwas enttäuscht.

Meine Mutter nahm ihre Lesebrille ab, wurde blass und zischte: »Du spinnst ja jetzt total! Mein Gott, ist das wirklich nötig? Jetzt, wo wir's so schön haben könnten. Willst du denn alles kaputtmachen?« Dann stand sie auf und verließ den Raum.

Heike sagte vorwurfsvoll: »Jetzt spinnst du ja total!«, bekam Tränen in die Augen und zog den blonden Vorhang vor. Robert, Nummer 5 und Mutters zweiter Papagei, der mittlerweile seine Sprache wiedergefunden hatte, konnte sich noch zu einem originellen »Mein Gott, ist das wirklich nötig?« durchringen.

Gegessen hat an diesem Abend keiner.

Showtime

Meine neue Schule war so was von langweilig. Ein modernes Schulzentrum aus grauen Betonquadern, mitten in die Pampa gestellt. Kein Flair, keine Atmosphäre wie in meiner alten Schule. Man hatte mir gesagt, ich könnte mit dem Schulbus oder mit dem Fahrrad fahren. Ich mit dem Fahrrad! Am frühen Morgen! Das sollte wohl ein Witz sein!

Trotzdem war ich natürlich gespannt, was am ersten Tag so abgehen würde. Im Bus produzierte mein Erscheinen zu meiner großen Erheiterung eine ähnliche Reaktion wie daheim. Offene Münder und verstecktes Tuscheln. Der einzige Typ, der die Sprache wiederfand, war ein cooler Skater, Benny, der sein Board auf den Rücken geschnallt hatte und fragte: »Bist du die Neue, die uns der Wetekamp angekündigt hat? Cool! Dann fahren wir ja jeden Tag zusammen!« In der Schule zockelte ich dann dem Typ hinterher und war froh, dass ich nicht mehr alleine war.

Das mit der neuen Klasse lief dann doch besser, als ich gedacht hatte, oder vielmehr genauso, wie ich es geplant hatte. All den gestylten Tussis fielen fast die Klimperaugen raus und die Jungen waren fasziniert. Aber sie ließen mich in Ruhe, weil sie wohl dachten, ich würde sie sonst mit meinem Eisenwarenladen erschlagen. Ich hatte ja auch die volle Montur angelegt und mir gleich an jenem Freitag vor Schulbeginn, nachdem mir diese glänzende Idee gekommen war, in Karlsruhe beim Kultpiercer »Whip and Trash« noch drei Piercings stechen lassen: Augenbraue, Nase und Bauch. Und dazu setzte ich nun diesen Blick auf, der das Ozonloch zum Schrumpfen bringen würde.

Die Lehrer versuchten, mich zu übersehen und so zu tun, als sei mein Aussehen selbstverständlich. Nur die Englischlehrerin, Frau Sonntag, reagierte normal, murmelte: »Scheußlich, scheußlich«, und fragte mich, ob das nicht wehtäte, wenn man Schnupfen hatte, und wie lange ich morgens zum Anziehen bräuchte. Wir haben uns dann noch eine Weile über die Vor- und Nachteile meiner Schmuckstücke unterhalten und dann machte sie einfach mit ihrem Unterricht weiter.

In der Klasse hingen ziemliche Langweiler und Streber rum, und keiner wagte es, mir an den Karren zu fahren. Viele haben sich gleich bei mir eingeschleimt, weil sie Schiss vor mir hatten. Aber man unterhält sich ja trotzdem. Irgendwie muss man die Zeit schließlich totschlagen!

*

Hi Dad!
Stell dir vor, was passiert ist. Zum Schuljahresende haben wir, sozusagen als Sahnehäubchen, noch eine Neue in unsere Klasse bekommen. Wir sitzen da nichts

ahnend in unseren Bänken, schwitzen und warten in ergebener Resignation auf das Ende der Stunde. Verstehst du, eine dieser todlangweiligen Geschichtsstunden.
Und während der Wetekamp uns was von multikulturellem Erbe und Toleranz vorschwallt, klopft es und unsere Direktorin kommt mit der Neuen rein. Mein Gott – und was für ein Sahnehäubchen!
Ich glaub, uns allen sind fast die Augen rausgefallen, und die Reaktion von Wetekamp zeigte ziemlich deutlich, dass er nicht bereit war, den Toleranzgedanken auf diese Vogelscheuche zu übertragen. Bei dem wird sie es nicht leicht haben.
Eij, die sieht aber auch aus! Schwarz umrandete Augen, Irokesenverschnitt, Piercings, zerfetzte Strümpfe, ein Hundehalsband, wie originell! Aber alles natürlich teure Superklamotten. Ein grauslicher Anblick!
Aber wie sie da so vor uns stand, wirkte sie eher verloren, und der Blick, mit dem sie auf die alte Kastanie vor unserem Fenster schaute – natürlich obercool, als ob sie das alles gar nichts anginge –, sagte mir irgendwie, dass sie vielleicht doch nicht ganz so hohl im Kopf ist, wie sie aussieht.
Ach, übrigens, in ihrer Nase hat sie ein Piercing. Peinlich allerdings: Die Nase hat sich entzündet!
Ich sitze jetzt in der zweiten Reihe. Meine Augen sind schlechter geworden und ich muss oft meine Brille tragen. Leider!!! Nicht gerade der Ausdruck höchster Coolness. Viele sehen schlechter als ich, aber sie verheimlichen es.
Mama ist noch immer nicht sehr begeistert von deinem Vorschlag, im Sommer nach Istanbul zu kommen.

Ich arbeite daran und halte dich weiter auf dem Laufenden!
Man sieht sich!
Dein Deniz

PS: Elfriede geht's gut, und ich bin froh, dass sie bei mir ist. Ich glaube aber, dass sie sich bei mir manchmal etwas langweilt. Wir haben uns irgendwie nicht mehr so viel zu sagen wie früher.

*

Schonzeit

Die ersten Wochen waren ohne besondere Vorkommnisse vergangen, denn ich hatte noch Schonfrist bei den Lehrern, die erst mal checken wollten, ob ich was auf dem Kasten hatte. Der Juni war ziemlich mittelprächtig dahergekommen, manchmal schon Baggerseewetter, dann wieder so kalt und windig, dass ich sogar meine Winterjacke rausholen musste. Das sieht ziemlich blöd aus, wenn du Punkerlook trägst. Und so hing ich oft bei miesem Wetter mit zwei Mädchen aus meiner Klasse, die auch in meinem Kaff wohnten, in ihren Zimmern rum. Zu mir nach Hause ließ ich keinen. Das geht überhaupt niemand was an!

Wenn man mich fragen würde, ob ich in dieser Klasse Freunde gefunden habe, würde ich sagen, nein. Wir waren zwar in den Pausen zusammen, schrieben uns endlose Massen von SMS, in denen wir übereinander herzogen und über die Schule ablästerten, aber was wir wirklich dachten und fühlten, darüber redeten wir nicht.

In der Beziehung war ich sowieso ein gebranntes Kind. Als ich so ungefähr zwölf Jahre alt war, hatte ich *einmal* in meinem Leben das gehabt, was man eine »beste Freundin« nennt. Wir waren ein Herz und eine Seele, und ich habe ihr alles, aber auch alles, was mich damals bewegte, erzählt, und sie hat dann alles, aber auch alles, jedem, der es hören wollte, brühwarm weitererzählt. Seitdem denke ich, es ist doch einfacher, die Infos gleich ans schwarze Brett zu hängen. Das spart Zeit!

Und dann waren wir ja auch nie so lange an einem Ort, dass sich Freundschaften gelohnt hätten. Aber das war nun kein großes Problem mehr für mich. Ich hatte mich arrangiert.

Was mir viel größere Sorgen bereitete, war die auch für mich nicht mehr übersehbare Tatsache, dass meine Noten einen ziemlichen Abgang machten, und ich war langsam in einem Zustand, in dem ich mir nicht mehr darüber klar war, ob ich nichts mehr tat, weil ich dumm war, oder ob ich dumm geworden war, weil ich nichts mehr getan hatte. Auf jeden Fall waren die Lücken in meinem spärlichen Wissen abgrundtief geworden, und ich versuchte, sie mehr schlecht als recht durch ein desinteressiertes und gelangweiltes Gesicht zu vertuschen. Meine Lehrer schauten mich fragend von der Seite an, ließen mich aber in Ruhe.

Wenn ich mich manchmal mittags mit den Tussen traf, schauten wir endlos Musikvideos an, sangen dazu, versuchten, die Tanzschritte nachzumachen, und verglichen unsere Bäuche. Vor lauter Baucheinziehen und Atemanhalten wurde mir immer fast schlecht. Schon das Wort »Bauch« fanden wir eklig. Wenn man es mehrere Male hintereinander sagte, kam man sich schon kugelrund vor. Nur vom Sprechen.

Im Grunde hatten wir alle das gleiche Problem: So, wie wir waren, wollten wir nicht sein, und so, wie wir sein wollten, würden wir in aller Wahrscheinlichkeit nicht werden.

*

Hi Paps!
Manchmal könnte man echt neidisch werden! Nadja, so heißt die Neue, hat heute in der Pause von ihrer Familie erzählt. Stand da lässig, wie immer an ihre Bank gelehnt, und erzählte. Von ihrer Mutter, einer ganz tollen Frau, die sie in allem unterstützt, und die hat einen neuen Freund, der ihnen sogar bei den Hausaufgaben hilft.
Irgendwie habe ich den Eindruck, dass es bei allen anderen zu Hause ganz gut klappt, sogar bei diesem Punkerverschnitt, nur bei uns nicht. Das soll kein Vorwurf sein! Ihr habt das nicht schlecht gemacht, aber trotzdem … Manchmal ist es eine ganz schöne Scheiße, besonders, wenn Mama wieder wegen dem Geld rumstöhnt, na ja, du weißt ja! Ich schreibe etwas wirr, aber ich bin gerade echt schlecht drauf. Diese ständige Hitze geht einem auch ziemlich auf den Geist und dann …
Wenn man sich diese Nadja ohne Kopf vorstellt, sieht sie richtig gut aus.
Sie hat so eine superweiche Figur, nicht wie die anderen Mädchen, bei denen die Knochen herauspieksen, dass du denkst, du kriegst innere Verletzungen, wenn du sie in den Arm nimmst. Ich nenne sie insgeheim Zerschmetterling, weil sie gleichzeitig so was Verletzli-

ches und auch Hartes an sich hat. Ich würde gerne mal mit ihr reden, aber, eij, die dumme Tuss schaut mich immer total herablassend an (wenn sie mich überhaupt anschaut!!!!!). Hast du 'nen Tipp? Bis bald!
Dein Deniz

*

Mein lieber Sohn,
entschuldige, dass ich dir nicht eher geschrieben habe und es nun mittlerweile zwei Briefe geworden sind, auf die ich dir antworten möchte, aber die Arbeiten auf der Baustelle sind Terminarbeiten, wie du ja weißt, und in unserem Architekturbüro geht es momentan ziemlich hektisch zu.
Deine Ausführungen sind in der Tat etwas konfus, und ich möchte versuchen, wenigstens durch meinen Brief etwas Ordnung in dein Leben zu bringen. Also, das Wichtigste zuerst: Wenn mich nicht alles täuscht, hast du dich in eine entzündete Nasenspitze verliebt. Das kann man ja noch durchgehen lassen. Ich halte allerdings nicht viel davon, sich in eine Frau zu verlieben, die man sich besser ohne Kopf vorstellt, wie weich ihr Körper auch sein möge. Das erscheint mir auf die Dauer problematisch, um es einmal vorsichtig zu formulieren. Was du mir von ihrem Verhalten schreibst, scheint sie mir eher der Typ verwöhnter Wohlstandsgöre zu sein, den es ja mittlerweile auch bei uns immer häufiger gibt.
Also, ich hätte dir sicher ein anderes Mädchen gewünscht, in das du dich verliebst, aber wer weiß besser als dein Vater, dass die Liebe unberechenbar ist, und

so möchte ich nicht länger pessimistisch sein und dir lieber praktische Tipps zur Eroberung von Frauen geben. Ich hätte wahrscheinlich schon lange mit dir über dieses Thema von Mann zu Mann reden sollen! Wir im Orient verführen unsere Frauen mit Poesie und Romantik (wenn wir überhaupt wählen können!). Das hat übrigens auch bei deiner Mutter geklappt, selbst wenn wir zu deinem Bedauern keine glückliche Familie mehr sind. Aber sei vor allem immer der, der du bist! Eine Person, bei der man sich verstellen muss, ist die Zeit nicht wert. Und sei hartnäckig! Frauen wollen langsam und sensibel erobert werden. Gibt es keine nette Türkin in deiner Umgebung? Du weißt, dass mich das freuen würde!
Deine Sorgen mit der Brille kann ich kaum verstehen. Es erscheint mir doch so viel sinnvoller, klar sehend durchs Leben zu gehen, als blind zu stolpern. Wenn deine Schulkameraden so blind sind ... Wie sagte schon dein Großvater Yülmaz immer zu mir: Wenn die anderen so dumm sind und in den Bosporus springen, dann musst du nicht hinterherspringen!
Ich werde mit deiner Mutter noch einmal über die Ferien sprechen. Es gibt hier so viel, das ich dir zeigen möchte.
In Liebe
dein Vater

*

Baustelle

Ach ja! Jetzt muss ich aber von Deniz erzählen. Er ist halb Türke, halb Deutscher. Ein totaler Außenseiter und er scheint ein bisschen ein Langweiler zu sein. Auf jeden Fall ist er anders als die anderen. Er ist schon siebzehn, weil er mal ein Jahr bei seinem Vater in der Türkei gelebt und dadurch den Anschluss verloren hat. Aber da er unser Quotenausländer und »ausländischer Mitbürger« ist (Zitat unseres Klassenlehrers Wetekamp!), lassen wir ihn spinnen. Der Junge ist ein Crack am Computer und bastelt immer an irgendwelchen abgedrehten Erfindungen rum.

Er ist ziemlich groß und schlank und hat rabenschwarze Haare, die leicht gelockt sind und länger, als gerade Mode ist. Jeden Tag trägt er dieselben schwarzen Jeans (hat er mehr als ein Paar?) und einen grauen Kapuzenpulli. Aber das Auffälligste sind definitiv seine Augen. Große braune Scheinwerfer.

Die Jungen, die ihn mittags manchmal besuchen, um von seinem Computerwissen zu profitieren, erzählen, dass er eine Schischa hat, an der er gedankenverloren nuckelt. Wir haben damals vermutet, dass er sich da sicher irgendwelche orientalischen Drogen reinzieht und kifft, aber er hat uns höflich erklärt, das sei eine Wasserpfeife, in der man aromatisierten Tabak rauchen kann, auch Drogen, aber daran habe er kein Interesse. Wer's glaubt, wird selig.

Er ist schrecklich höflich und zuvorkommend und liest viel. »A true gentleman, our dear Deniz«, wie unsere Englischlehrerin zu unser aller Erheiterung einmal formulierte.

In den ersten Tagen und Wochen hat er mich nur beobachtet und den Mund nicht aufgekriegt. Dann hat er versucht zu graben und zu baggern und hat mich mit echt bescheuerten SMS traktiert: **Hallo, Zerschmetterling, ich find dich gut, können wir uns mal treffen?**

Ich bin einen ganzen Morgen dagesessen und hab über den Namen nachgedacht. So hat mich noch kein Junge genannt. Es hat fast etwas Zärtliches an sich. Aber von diesem Streber? Wenn das jetzt von Benny gekommen wäre, hätte es mich echt umgehauen. Benny, meine treue Bus-Eskorte, einsachtzig, blonde, kurze Haare, blaue Augen, ein Augenbrauenpiercing(!) und eine geringelte Strickmütze auf, die ihm fast über die Augen geht, coole Skaterhosen (Wetekamp: »Sie haben wohl heute Morgen vergessen, Ihre Windeln abzulegen, Bornemann!« Benny: »Seit wann siezen Sie uns denn?« W: »Ich erhoffe mir dadurch einen Reifeschub Ihrerseits.« B: »Okay, morgen bringe ich mein Töpfchen mit.«) und dazu diese ganz langsamen Bewegungen. Und immer einen passenden Spruch drauf.

Aber die SMS kam nicht von Benny. Ich hab Deniz deshalb ganz klar geantwortet: **Mach die Fliege und such dir eine andere Baustelle. Und nenn mich nicht mehr so, sonst gibt es echt Ärger.**

Deniz ließ jedoch nicht locker, war stur, und eines Morgens lag, eingewickelt in ein Shakespeare-Sonett(!), sogar mal eine Rose auf meinem Tisch, und da habe ich ihm gesagt: »Wenn du glaubst, dass so ein Kümmeltürke wie du mich auch nur im Geringsten interessiert, hast du dich getäuscht.«

Da hat er mich ganz seltsam angesehen, hat die Mundwinkel verächtlich nach unten gezogen, hat sich umgedreht und ist gegangen.

Seitdem herrscht Funkstille zwischen uns. Nur manchmal schaut er mich noch immer an mit diesen braunen Augen. Und ich funke ihm zurück: *Don't touch me!*

*

Hi Dad,
vielen Dank für deinen Brief und deine Ratschläge. Ich hab versucht, alles zu beherzigen, aber … Vielleicht funktioniert das bei euch/uns im Orient, aber nicht hier! Ich denke inzwischen, dass ich irgendwas in sie hineingesehen habe, das gar nicht da ist. Ich hab mich wohl getäuscht in ihr. Scheißweiber! Liebend gerne wäre ich nun bei dir in Istanbul.
Sollte dir je ein süßes Mädchen in meinem Alter über den Weg laufen, denk an deinen Sohn Deniz, der mit gebrochenem Herzen in der fremden Heimat sitzt. Schluchz!
Vielleicht hast du Recht und ich sollte mir besser eine Türkin suchen. Die deutschen Mädchen sind entweder arrogante Zicken oder verunstaltete Kotzbrocken!!!
Tschüs!
Deniz

Mein lieber Sohn,
ich wundere mich manchmal schon sehr über deine Sprache und Ausdrücke. Ich glaube, dass die Kulturen voneinander lernen können, aber man muss ja nicht die schrecklichsten Ausdrücke übernehmen!
Dass deine neue Flamme schon erloschen ist, tut mir Leid, aber nach allem, was du geschrieben hast, erscheint es mir vielleicht ganz sinnvoll, dass es zu Ende gegangen ist, bevor es überhaupt angefangen hat.
In Liebe,
dein Vater

*

Nachhilfe

Eines war klar: Mathenachhilfe war angesagt, da meine Noten in jenem Jahr so ziemlich überall abstürzten. Ich würde Deniz fragen. Pech, da wir ja sozusagen Funkstille hatten, aber das würde ich schon hinkriegen. Deniz jobbte schon seit Monaten an einer Tankstelle und gab seit Jahrhunderten für fünf Euro die Stunde Nachhilfe in Mathe. In der Pause standen immer die Girlies aus der siebten Klasse um ihn herum, himmelten ihn an und wollten sich Mathe erklären lassen! Also habe ich mich an ihn rangerobbt.

»Hey, Sugar!«, schnurrte ich mit meiner tiefsten Bardamenstimme.

»Sugar« saß in seiner Bank und konstruierte mit seinem Geodreieck eine jener gigantischen geometrischen Figuren, die bei mir nicht einmal ansatzweise gelingen. Er hatte seine Kopfhörer im Ohr und hörte wie immer orientalischen Hip-Hop oder so was.

Ich schrie ihm ins Ohr: »Hi! Wie geht's? Alles Rodscha in Kambodscha?«

»Klar. Was geht?«

»Es gibt ein kleines Problem.«

Ich setzte mich dann sozusagen halbärschig auf seinen

Tisch, mitten auf die Geometrieaufgabe natürlich, und schob meine Hüfte immer mehr zu ihm hin.

»Nachhilfe in Mathe wär vielleicht angesagt. Zwei Fünfen in diesem Halbjahr, und ich hab keinen Bock, die ganze Scheiße zu wiederholen. Das leuchtet doch ein, oder?« Ich schenkte ihm mein schönstes Lächeln und funkte ihm mit den Augen: Irokesenhäuptlingstochter in Bedrängnis braucht Schutz von weißem Mann.

Er lehnte sich zurück, streckte seine langen Beine von sich, verschränkte die Arme und schaute versonnen aus dem Fenster.

»Hey, ich rede mit dir!«

Ich ahnte schon, dass er mir jetzt wahrscheinlich die Kümmeltürkengeschichte aufs Butterbrot schmieren und ein bisschen rummemmen würde (schwall, laber, sülz), und ich würde sagen, okay, Deniz, sorry, bla, bla, das war echt blöd von mir. Also, mach hinne, Sugar!

Er erhob sich, schob meinen Hintern von der Bank – »Entschuldige!« –, packte dann sorgfältig seine Sachen zusammen und verstaute sie in der Tasche. »Tut mit Leid, ich hab jetzt Latein.« Dann schaute er mir direkt ins Gesicht und sagte: »Also, Mittwoch um zwei. Ich habe zwei Tarife. Fünf Euro und acht Euro. Für dich acht.« Und ging zur Tür.

Ich lief ihm nach. »Hey, spinnst du, wieso acht?«

Er drehte sich in der Tür um und sagte: »Kotzbrockenzulage.«

Hi Paps,
meine erloschene Flamme, wie du sie nennst, hat heute einen wahren Table Dance (wenn du weißt, was das ist, ha, ha, sorry!) auf meiner Bank aufgeführt, und ich habe gespürt, dass ich ganz und gar nicht immun gegen sie bin.
Aber: Ich hab sie gnadenlos auflaufen lassen!!! Yep! So eine Nummer zieht bei mir nicht! Die dreht ihr Fähnchen nach dem Wind, wie es ihr gerade passt, und lässt die Leute nach ihrer Pfeife tanzen. Wenn die jemals was von mir will, muss sie auf Knien gekrochen kommen. Ich glaube, keiner in meiner Klasse hat es je geschafft, sie so sprachlos zu machen!
Trotzdem denke ich manchmal, wir hätten so was wie eine Seelenverwandtschaft, aber das ist wahrscheinlich Wunschdenken, und ich werde den Teufel tun, ihr das zu sagen.
In Mathe habe ich übrigens eine Eins geschrieben.
Aber was bringt's!
Ich hab Elfriede das Lesen beigebracht, weil sie mich zurzeit mit ihren ständigen Besserwissereien absolut nervt. War aber ein ziemlicher Schuss in den Ofen, wie man hier so sagt, denn ihre Lieblingsbücher sind »Fernöstliche Weisheiten« (Geschenk von Opa Yülmaz) und »Berühmte Zitate der Weltliteratur«. Die schlägt sie mir jetzt bei jeder Gelegenheit um die Ohren.
Liebe Grüße
von deinem Sohn Deniz

*

*Lieber Deniz,
dein Vater weiß sehr wohl, was ein Table Dance ist – wenn auch, im Gegensatz zu dir, mein Sohn, nicht aus eigener Anschauung. Ich frage mich allerdings, was das in einem Klassenzimmer zu suchen hat! Deine Mutter und ich haben dich dorthin geschickt, um zu lernen. Manchmal zweifle ich ernsthaft daran, ob Koedukation wirklich sinnvoll ist! Ich frage mich, wie eure Lehrer euch ertragen.
Ich habe heute leider nicht so viel Zeit, wie ich mir wünsche, um mit dir über das Leben und die Frauen zu philosophieren, aber mir ist etwas eingefallen: Wenn sie (die Frau ohne Kopf) ein bisschen Format hat, wie du damals vermutet hast, dann schenk ihr doch Elfriede. Vielleicht täte ihr das gut? Ich habe den Eindruck, du brauchst Elfriede nicht mehr.
In Liebe,
dein Vater*

*

178 Minuten

»Hallo, Zerschmetterling! Könnte ich dich nachher mal sprechen? Es ist dringend. Ich möchte dich um einen Gefallen bitten. D.« Eine SMS von Deniz.

So, so, Sugar, du mich um einen Gefallen bitten. Na warte!

Ich hatte die Geschichte mit der Kotzbrockenzulage noch lange nicht vergessen und witterte die Möglichkeit einer absolut coolen Retourkutsche. Außerdem hatte ich zufällig gerade meinen umgänglichen Tag, und so schlenderte ich langsam zu Deniz rüber, lehnte mich lässig an die Schulbank, kreuzte die Arme übereinander und sagte: »Okay, Sugar, warum nicht?« Ich hab schon Schlimmeres in meinem Leben durchgestanden. »Also, nach der Schule unter der alten Kastanie.«

Ich kam mir vor wie bei Hanni und Nanni.

Während der Stunde schaute er immer wieder zu mir zurück. Ja, zurück!

Ihr könnt euch denken, dass ich keine bin, die in der ersten Bank sitzt. Der Platz für mich ist immer: letzte Bank, direkt am Fenster. Ich finde, man muss sich stets eine Fluchtmöglichkeit offen halten.

Nach der Schule schnappte ich lässig meinen alten

Scout-Schulranzen aus der Grundschulzeit, den ich aus Trotz gegen diesen ganzen Eastpack- und 4-You-Rummel aus dem Sperrmüll gerettet habe, und ging betont lässig und wie zufällig zu unserem Treffpunkt »unter der alten Kastanie«.

Worauf hatte ich mich da eingelassen? Wir ließen Deniz zwar in Ruhe, aber es war noch mal was anderes, sich mit dem »true gentleman« unter der alten Kastanie zu treffen. Die Gerüchteküche würde brodeln und das Gelächter meilenweit und schrill durch unsere grauen Betongänge hallen.

Deniz war schon da, hatte sein Mountainbike an die Bank gelehnt und starrte gedankenverloren in seine Schultasche.

»Ah, da bist du ja!«, sagte er. »Ich wollte dich fragen, ob du nicht Elfriede zu dir nehmen könntest?«

Mit einer ganz behutsamen Bewegung setzte er mir eine kleine, schwarze Ratte auf die Schulter. Obwohl ich erst fünfzehn bin, hätte ich fast einen Herzinfarkt bekommen. Das Dumme war nur, dass ich mit meinem Image ja keinerlei Abscheu vor so einem Tier zeigen durfte. Ich übernahm also kurzerhand den Spruch meiner Mutter, den sie in üblen Lagen immer zur Hand hat: Schließ die Augen und denk an England, mein Kind.

Als ich sie wieder öffnete, sah mich Deniz, der plötzlich gar nicht mehr wie ein Streber aussah, mit diesen großen, braunen Augen an und sagte: »Ich glaube, du kannst sie brauchen. Ich brauche sie nicht mehr.« Er schloss seine Tasche, drehte sich um und stieg auf sein Fahrrad. Dann fuhr er noch einmal eine Schleife um mich herum und sagte ganz beiläufig: »Übrigens, sie kann sprechen.«

Nach 178 Minuten war ich endlich so weit und antwortete: »Mein Gott, Freddy, ich weiß ja, dass du eine Menge Scheiß labern kannst, aber dass es so schlimm um dich steht, habe ich nicht vermutet.«

Doch da war er schon längst weg.

Ich glaube, er ist der einzige Typ in meinem Leben, bei dem ich 178 Minuten gebraucht habe, um ihm zu antworten. Man könnte sogar sagen, es hatte mir die Sprache verschlagen.

Ich setzte mich auf die Bank unter der alten Kastanie, die mir plötzlich gar nicht mehr mädchenbuchartig erschien, holte vorsichtig die Ratte von meiner Schulter und betrachtete sie: Sie war klein, hatte ein seidiges, pechschwarzes Fell, blitzblanke kleine und sehr klare Augen, winzige rosa Beinchen und diesen elend langen Schwanz (igitt!).

»Du bist also Elfriede. So, so.«

Ich musste mit ihr sprechen, einfach um meinen Adrenalinspiegel wieder etwas herunterzubekommen. Die Vorstellung, was meine Mutter zu dieser neuen Hausgenossin sagen würde, ließ mir die Haare zu Berge stehen sozusagen. Die mögliche Reaktion von Nummer 5 ließ das Experiment allerdings schon wieder lohnenswert erscheinen.

Ich nahm die Situation weiter in Angriff. »Man sagt, du sprichst! Also, sag mal was!« Ich gab ihr einen Klaps auf den Rücken und schubste sie ein wenig hin und her, um sie zu stressen, da ich ziemlich sauer war. Die feige Ratte vollzog natürlich gleich einen Stellungswechsel und setzte sich auf mein Knie. Sie musterte mich mit schrägem Blick von oben bis unten, ließ ihren Blick auf meinen Ketten und Piercings verweilen, schüttelte mitleidig den Kopf und sagte mit schnurrender Blechbüchsenstimme: *Mein Gott! Ich dachte immer, nur mit meiner Spezies werden solche Versuche gemacht! Konntest du fliehen? Gott sei Dank!*

Zuerst einmal dachte ich natürlich, ich hätte mich verhört. Dann dachte ich: Jetzt ist es so weit, du hast Halluzinationen. Du hättest diesen Joint damals nie rauchen dürfen! Dann dachte ich: Jetzt hat dich dieser Scheißtyp von Deniz hypnotisiert. Dann dachte ich: So eine Unverschämtheit! Dann dachte ich …

Elfriede erhob sich und lief eine Weile unentschieden auf meinem Oberschenkel hin und her und kuschelte sich ganz genüsslich wie ein Kätzchen in meinen Schoß. Sie rieb ihre Barthaare an meinem Bauch, stupste erst ihre Nase vorsichtig durch mein Bauchpiercing, betrachtete mich wohlwollend und gab dann von sich: *Aber wenigstens haben sie dich gut gefüttert. Weißt du, das ist nicht selbstverständlich.*

Jetzt war mir klar, dass ich etwas ganz Schlimmes hatte. Keine Psychose und keine Halluzinationen. Es musste etwas sein, das die Medizin bisher gar nicht entdeckt hatte: ein schrecklicher Virus, von Tieren übertragen, ja, wahrscheinlich von Ratten! Und ich war der Prototyp, der erste Fall!

Der Schulhof war leer, es war staubig und heiß. In der Ecke standen noch ein paar Räder von irgendwelchen

Schülern, die Mittagsschule hatten, und der Hausmeister pickte gelassen den Müll des vergangenen Morgens auf. Mein Gott, wie ich sie alle beneidete!

Ich musste mich damit abfinden, dass ich von nun an eine gespaltene Person sein würde: die mit der Ratte spricht und die, der es die Sprache verschlagen hat.

Ich durchforstete mein früheres Leben, um zu entdecken, welche Missetaten ich begangen hatte, um mit einem solch unheilvollen Schicksal bestraft zu werden. Aber mir fiel beim besten Willen nichts ein, was *so etwas* rechtfertigen könnte. Ich verfluchte Deniz, seine Ratte und fasste den einzig sinnvollen Entschluss. Ich nahm dieses eklige Geschöpf mit dem albernen Namen, packte es am Genick und trug es dorthin, wohin es gehörte: Gully hoch und ab nach Kassel, zu seinen Artgenossen.

Artgerechte Tierhaltung sozusagen.

Ich kam mir vor wie meine Oma, die immer sagte: Kind, ich muss mich setzen! Mir wird das alles zu viel! Ich leistete einen heiligen Schwur und betete: »Lieber Gott, ich danke dir, dass dieser Kelch an mir vorübergegangen ist.« (Früher war ich mal Ministrantin gewesen!) »Ich will nie wieder meine Mutter enttäuschen. Ich will nie mehr Steffen wegen seiner Langsamkeit hänseln. Ich will mich viel mehr um Heike kümmern und mit ihr ›Gute Zeiten, Schlechte Zeiten‹ anschauen. Ich will Nummer 5 und sämtlichen Nachfolgern wohlwollend gegenüberstehen. Amen.«

Lieber Dad!
Okay! Hab mich jetzt tatsächlich von Elfriede getrennt! Das ist mir zugegebenermaßen nicht leicht gefallen, denn die Gute ist mir in schweren Zeiten doch immer als kritische und witzige Freundin zur Seite gestanden, wie man so schön sagt. Ich werde ihre Bemerkungen vermissen.
Ich habe sie also, wie du mir vorgeschlagen hast, dieser Nadja geschenkt. Meine einzige Hoffnung bei dieser Sache ist, dass sie ihr davonlaufen wird, wenn es ihr dort nicht passt oder Nadja gar nicht mit ihr spricht.
Und was echt geil war: Die ist bei Elfriedes Anblick fast in Ohnmacht gefallen und war sprachlos!!! Doch nicht ganz so abgebrüht, wie sie immer tut, ha! Bin mal gespannt, wie die Sache weitergeht!
Ich liege jetzt fast jeden Mittag am Rhein und schaue den Schiffen nach und träume davon, dass mich eines mitnimmt und – na ja, mit einem kleinen Umweg – nach Istanbul fährt. Meine Kumpels sind auch hier, und wir schwimmen jeden Tag wie die Blöden, bis wir nicht mehr können.
Weißt du, was mich so nervt mit diesen Weibern? Es ist alles so kompliziert und anstrengend, und je freundlicher du zu denen bist, desto blöder finden sie dich. Nun, jeder kriegt, was er verdient, und ich war jetzt mal richtig assig zu ihr!
Wegen meiner Sprache brauchst du dir übrigens keine Sorgen zu machen, du solltest mal die anderen hören! Wenn du wüsstest, wie die sprechen, würdest du mich wahrscheinlich zu dir holen. Aber, eij Alter (joke!), du kannst echt Vertrauen in deinen Sohn haben!!!

Mama steht unseren Reiseplänen noch sehr skeptisch gegenüber. Leider!
Dein Deniz

PS: Grüß Opa Yülmaz und frag ihn, ob er noch einen von seinen geilen Sprüchen drauf hat.

*

Alptraum

Steffen kam mir im Hausflur strahlend entgegen und erzählte etwas verplant von seinen ersten Erlebnissen in der Schule. Er packte einen Stapel Adventure Cards aus, die ihm irgendein Idiot zu einem irrwitzigen Preis angedreht hatte. Ich dachte an mein Gebet, und so setzte ich mich neben ihn auf die Treppe und ließ mir geduldig die Spielregeln erklären, raffte natürlich nichts, aber ich nahm ihn in den Arm und sagte ihm, was für ein toller Bruder er sei. Dann holte ich mir in der Küche ein Glas Milch. Milch beruhigt.

Im Garten versuchte gerade Nummer 5, den Grill anzuschmeißen. Er findet Grillen im Familienkreis so gemütlich und nach einem langen Tag in der Bank so entspannend. Ich lächelte ihn strahlend an.

Dann schaute ich mit Heike GZSZ an, wir bequatschten sämtliche Paarbeziehungen, stellten Vermutungen an, wie es weitergehen könnte, welchen Typ wir am süßesten fanden und was wir täten, wenn wir in ihn verliebt wären.

Meine Mutter, die außer bei ihren Männergeschichten nicht auf den Kopf gefallen ist, senkte langsam die tischtuchgroße Ausgabe der ZEIT und schaute mich skeptisch und warnend über ihre Lesebrille hinweg an. Als ich dann auch noch den Fünften fragte, wie denn sein Tag im Büro gewesen sei und ob ich ihm vielleicht ein Bier holen sollte, stand meine Mutter auf und raunte mir zu:

»Jetzt reicht's aber! Verarschen können wir uns selbst!«

Ich dachte: O Mama, wenn du wüsstest, wie ernst es mir dieses Mal ist! Ich habe euch schon lange nicht mehr so geliebt wie heute.

Unverstanden wie immer, zog ich mich auf meine Isolierstation zurück, um meine Wunden zu lecken. Ich war todmüde.

Ich ging ins Bad, putzte mir die Zähne und betrachtete mich prüfend im Spiegel. Sah ich tatsächlich wie jemand aus, der einem Menschenversuch entkommen war?

Weißt du, es wäre schön, wenn ich jetzt mal was zu fressen bekommen könnte!

Langsam drehte ich mich um. Für so eine Situation hatte mich weder meine Großmutter noch meine Mutter mit einem entsprechenden Spruch versorgt. So sagte ich also nur ganz lahm: »Wie kommst du denn hierher?«

Weißt du, wir Ratten haben viele Wege. Auch euer Haushalt ist an die Kanalisation angeschlossen und ich bin jetzt eben eine Weile dir zugeteilt. Obwohl ich mir wahrhaftig was Angenehmeres vorstellen könnte. Du siehst zu grauslich aus!

Und sie stellte sich auf die Hinterhände, eine imaginäre Gitarre in der Hand, und sang in quietschendem Falsetto:

I will wiada hoam,
I fühl mi do so arm,
schwarze Lippen, grüne Hoar,
des is zu grauslich, wirklich woar.
I will hoam hintern Semmering.

Den Schwachsinn hatte ihr wohl Deniz beigebracht!

Sie schmiss sich auf den Rücken, hob die Beine und lachte sich halb tot. Dann stand sie auf, schüttelte sich angeekelt und begann im Fernsehprogramm zu blättern. Dabei setzte sie sich auf den goldenen Sessel meines alten Barbie-Schlosses, das ich peinlicherweise immer noch nicht entsorgt hatte, schlug die Beine übereinander und legte ganz lässig den langen Schwanz über die Stuhllehne.

Ich war inzwischen wieder zu Verstand gekommen und auf hundertachtzig. Eine kleine Diskussion war angesagt. Es gibt gewisse Dinge, die man einfach nicht so im Raum stehen lassen kann. Auch nicht mit Elfriede! Egal, ob Psycho oder Halluzination!

Sie tippte auf eine Stelle in der Zeitung und sagte: *Das muss ich sehen!*

Es war die »Sendung mit der Maus« und »Nano, Berichte aus der Wissenschaft«. Ich wusste nicht, ob ich einen Lach- oder einen Heulkrampf kriegen sollte. Elfriede schaute sich inzwischen mein Barbie-Schloss an: das große Bett, die Spiegelkommode, den Kleiderschrank mit den Glitzerkleidchen, das Pferd und den Schmuck.

Das Ganze ist ja ziemlich geschmacklos, aber fürs Erste reicht's!

»So, das freut mich aber, dass es dir hier gefällt.« Mehr brachte ich nicht heraus.

Warum ich damals nicht Nägel mit Köpfen gemacht habe? Warum ich Elfriede mit meinem Barbie-Pferd nicht einfach eins über die Rübe gezogen habe und dann ab auf die

Müllhalde zu ihren Kumpels? Denen wäre dann bald klar geworden, was es bedeutete, mit so einer wie mir Scherze zu treiben, und dass ich mich von niemand verarschen lasse! Bei einer Milliardenpopulation wäre das plötzliche Verschwinden einer Ratte kein Fehler gewesen und auch ethisch-moralisch zu rechtfertigen. Eine Ratte ist ja schließlich Ungeziefer. Also, warum nicht? Weil mir plötzlich Deniz' Worte einfielen und die Art, wie er mich angesehen hatte, als er sagte: »Ich glaube, du kannst sie brauchen.«

Und in diesem Scheißsommer war ich so sauer, so einsam, so gelangweilt, und alles ging mir so am Arsch vorbei, dass ich dachte, lieber ein Prototyp als gar kein Typ, und da hab ich sie halt behalten.

Ich knallte fluchend die Tür hinter mir zu und ging hinunter in die Küche – meine Mutter war schon beim Vorkochen für den nächsten Tag –, holte einen tiefen Teller aus dem Regal und schmiss alle Abendessensreste, die ich finden konnte, hinein. Meiner Mutter fiel fast der Kochlöffel aus der Hand. Sie schaute mich fassungslos an und sagte: »So nimmst du nie ab.«

Und ich sagte: »Ihr habt mich zumindest gut gefüttert. Das ist nicht selbstverständlich, weißt du.«

Ich klatschte Elfriede den Teller hin, machte das Licht aus, legte mich ins Bett, wälzte mich von rechts nach links, konnte aber nicht einschlafen. Ich knipste das Licht wieder an und nahm mein Buch zur Hand. Lesen beruhigt. Ich las gerade »Wer die Nachtigall stört«. Ich würde mich nach Amerika beamen, wo die Leute auch Probleme hatten.

Plötzlich hörte ich es rascheln. Elfriede hatte sich leise herangepirscht und sich an mich gekuschelt, um mir über die Schulter zu schauen. Dann ließ sie zusehends gelangweilt verlauten: *Gibt es denn keinen Roman, in dem Ratten vorkommen?*

Ich überlegte eine Weile und schüttelte dann den Kopf. »Vielleicht wissenschaftliche Abhandlungen, aber einen Roman? Welcher halbwegs normale Mensch würde denn einen Roman über Ratten schreiben?«

Jeder denkende Mensch, der weiß, wie klug wir sind, und der sich nicht, wie du, von Äußerlichkeiten beeinflussen lässt!

»Moment mal, natürlich, klar!«, sagte ich und schlug mir mit der Hand an die Stirn. »Es *gibt* einen Rattenroman. Mama hat mir davon erzählt und verfilmt worden ist er auch. Ein ziemlich schwieriger Roman. Ich hol ihn dir.«

Leise und vorsichtig stieg ich die Stufen hinunter und nahm aus Mamas Bücherregal »Die Rättin« von Günter Grass.

Elfriede war hingerissen.

Unglaublich, was für ein Künstler! Den möcht ich kennen lernen!, sagte sie immer wieder.

Und deswegen musste ich ihr das Deckblatt, auf dem eine riesige Rättin abgebildet war, mit Tesafilm an die Wand meines/ihres Barbie-Schlosses hängen.

Dann fing sie an, in diesem Riesenschmöker zu lesen, und kommentierte die Handlung mit ihren Lebensweisheiten: *Echt krass, eij.*

»Grass hat ja auch den Nobelpreis gekriegt. Und ›Katz und Maus‹ hat er auch geschrieben.«

Elfriede warf mir einen missbilligenden Blick zu und rollte mit den Augen. *Haben sich die Katzen und die Mäuse beklagt und wollten auch einen Roman haben und er hat dann nachgegeben?*

»Nein, nein, ›Katz und Maus‹ war viel früher. Mit Ratten hat er sich erst ziemlich spät beschäftigt.«

Und woher weißt du das alles?

»Ich bin halt eine Leseratte!«

So verbrachte ich die absurdeste Nacht meines Lebens.

Böses Erwachen

Ich schlug die Augen auf und hörte, wie draußen die Vögel zwitscherten. Fünf Uhr. Gähnend drehte ich mich noch einmal um. Diese Stunden am frühen Morgen, wenn man im Halbschlaf vor sich hin dämmern und träumen kann und der ganze Tag noch vor einem liegt, liebe ich am meisten. Ich kuschelte mich in meine Decke und genoss die Wärme.

Dann fielen mir siedend heiß die Erlebnisse des letzten Tages ein. Ich weiß nicht, ob ihr das kennt, diesen Moment, wenn man sich noch sicher und geborgen fühlt, und im nächsten Augenblick, in dem man sich erinnert, wird einem klar, dass nichts mehr so ist wie vorher, und im Bauch wird einem ganz mulmig.

Mein Adrenalinspiegel stieg gigantisch an und ich war hellwach. Ich stand auf und schlich vorsichtig auf Zehenspitzen zu meinem Barbie-Schloss.

Da war sie, atmete tief. Sie lag seidenschwarz und friedlich da, als könnte sie kein Wässerchen trüben. Ich hatte nur einen Wunsch: sie zu ärgern!

So nahm ich meinen Wecker und ließ ihn dieses schreckliche, elektronische, alptraumartige Piep-Geräusch produzieren, das Millionen von Menschen einen Schauer einjagt und uns tagtäglich aus dem Paradies vertreibt. Warum sollte sie es besser haben?

»Aufstehen!«

Sie schreckte aus ihren Träumen hoch und sah mich vorwurfsvoll an.

Muss das denn sein? Du könntest mich zärtlicher und behutsamer wecken. Deniz hat mich immer mit seiner alten Spieluhr geweckt, mit »Guten Abend, Gute Nacht«.

Wie passend!

»Elfriede«, sagte ich, »dann musst du frühzeitig lernen, dass a) »zärtlich und behutsam« in diesem Haushalt Fremdwörter sind und dass b) der gute Deniz sowieso einen Schuss hat. Wir machen uns jetzt schön, dann werden wir an einem fröhlichen Frühstück teilnehmen, wo ich dich dem Kreis unserer Familie vorstelle, und dann ab in die Schule. Das Leben ist kein Zuckerschlecken!«

Wir gingen ins Bad, Elfriede setzte sich auf den Klodeckel und schaute mir interessiert bei meiner morgendlichen Styling-Prozedur zu.

Aha, das machst du also jeden Morgen freiwillig. Man fragt sich ja, wer hier einen Schuss hat.

Ich packte sie und setzte sie auf meine Schulter und betrachtete unser Bild im Spiegel.

»Ich finde, dass du ganz übel gut zu mir passt!«, sagte ich. »Und was schließen wir daraus?«

In der Küche war der Frühstückstisch zwar gedeckt, aber kein Mensch war zu sehen. Ich hörte Stimmen und Geheul aus Steffens Zimmer. Meine Mutter schrie, Heike redete besänftigend auf sie ein und Steffen weinte. Ich hörte den Fünften sagen: »Das ist doch alles nicht so schlimm. Kinder sind eben so.« Der Klugscheißer!

Ob jemand in der Nacht bei mir im Zimmer gewesen war und alle schon Bescheid wussten und der Krach schon im Gange war? Aber warum waren sie dann in Steffens Zimmer?

»Komm, Elfriede, lass uns mal nachschauen, was da abgeht. Wir müssen uns dem Feind stellen, wir entkommen ihm sowieso nicht!«

Elfriede schnüffelte aufgeregt Löcher in die Luft und sagte mit tiefer Stimme: *Ich rieche Blut!*

»Sei nicht so melodramatisch, so schlimm wird es nicht werden.«

Ich ging den Gang entlang, schaute vorsichtig in Steffens Zimmer und sagte in meinem freundlichsten Singsang: »Halli, hallo, einen wunderschönen guten Morgen.«

Aber keiner beachtete mich. Wie erstarrt standen sie um Steffen herum, der blutüberströmt auf seinem Bett lag. Dann schien meine Mutter sich gefasst zu haben.

»Hol noch ein nasses Handtuch, Nadja, schnell!«, fuhr sie mich an und drückte mir, ohne mich anzuschauen, ein entsetzlich blutverschmiertes Teil in die Hand.

Ich wetzte hoch ins Bad, packte Steffens kleines Kinderhandtuch mit der Ente drauf, machte es nass und wrang es aus. Was ging da eigentlich ab? Hatte meine Mutter Steffen so geschlagen, dass er blutete? Man hörte ja immer wieder von Familientragödien, wenn den Leuten die Nerven durchgingen. Und meine Mutter konnte ziemlich schnell ausrasten. Ich hatte jetzt ganz schöne Panik und fragte mich, was wohl passieren würde, wenn sie erst Elfriede entdeckte. Ich setzte mich kurz auf den Badewannenrand, schloss die Augen, dachte an England und atmete tief durch.

Über Langeweile kann man sich bei euch wirklich nicht beklagen, sagte Elfriede.

»Nun ja, zumindest eine Person findet an dieser Situation Gefallen.«

Person! Das hast du nett gesagt. Vielleicht raufen wir uns doch noch zusammen.

»Nadja, das Handtuch, schnell! Dauert das denn ewig?«, rief meine Mutter ungeduldig. Ich flitzte die Treppe runter und gab ihr das Handtuch.

»Danke«, sagte sie, sah mich an, ließ den Blick auf meine Schulter gleiten und fiel in Ohnmacht. Meine Mutter kann das. Bühnenreif.

»Sagt mir jetzt endlich mal einer, was hier los ist?«, fragte ich.

»Das fragst gerade du«, schnauzte mich Heike an.

Nummer 5 setzte sich auf Steffens Kinderbank, schloss die Augen, schüttelte den Kopf und strich sich mit den Fingern an der Nasenwurzel entlang, wie immer, wenn er sich mit unserer Familie überfordert fühlte. Sprachlos, versteht sich. Heike, die die Ohnmachtskiste schon kannte, ging zu meiner Mutter und nahm sie in den Arm.

Ich setzte mich zu Steffen auf das Bett und fragte ihn: »Also, spuck's aus! Wer von diesen Chaoten hat dich geschlagen?«

»Nie…niemand«, schluchzte Steffen jämmerlich. »D… d…der Schnatz!«

»Der was?«

»Ich … ich … wollte üben, den Schnatz zu fangen, und bin … bin von der Kommode gesprungen. Und … und dann bin ich ausgerutscht und … und an die Schreibtischecke geknallt. Und jetzt muss ich ins Krankenhaus, weil man die Wunde nähen muss.« Und dann fing er wieder an zu heulen.

Ich schüttelte mittlerweile auch den Kopf und konnte gerade noch verhindern, meinen Nasenrücken entlangzustreichen.

Mein Gott! Steffen mit seiner Harry-Potter-Verehrung! Von der Lampe herunter baumelte der Schnatz, den er sich aus Alufolie gebastelt hatte. Das ganze Zimmer hing voller Poster, und jetzt lag mein kleiner, dummer Bruder mit seinem Zauberumhang im Bett und hatte sich bei dem morgendlichen Versuch, den Schnatz zu fangen, eine Platzwunde der übelsten Art zugezogen. Und Platzwunden bluten einfach schweinemäßig. Elfriede hatte Recht gehabt.

Siehst du, ich habe Recht gehabt, flüsterte sie mir ins Ohr.

Zu Steffen, der immer noch vor sich hin heulte, sagte ich streng: »Hör auf! Harry Potter heult nicht! Stell dir mal vor, als er die Narbe im Kampf mit dem großen Voldemort gekriegt hat, meinst du, da hat Harry Potter geheult?« Ich wischte Steffen das Blut vom Gesicht und drückte das Entenhandtuch auf die Platzwunde. »Außerdem ist das doch gar nicht schlecht. Du hast jetzt eine Narbe wie Harry. Damit kannst du in der Schule ganz schön angeben.«

»Meinst du?«

»Klar!«

Steffen strahlte. Er schaute auf meinen Schoß, wo Elfriede saß, und streichelte sie. »Woher hast du denn die Ratte?«

»Zauberratte«, sagte ich mit einem vorsichtigen Seitenblick auf meine Mutter, die mittlerweile auch von Nummer 5 betreut wurde. »Sie kann sprechen.«

Meine Mutter zog es vor, wieder die Augen zu schließen.

»Kann ich sie ins Krankenhaus mitnehmen?«, fragte Steffen.

Aber da sagte Nummer 5 entnervt: »Besser nicht, sonst weisen sie uns noch alle zusammen in die Psychiatrie ein.«

Manchmal kann er direkt witzig sein. Gefrühstückt hat an diesem Morgen nur Elfriede.

Elfriede

Sieben Uhr morgens, und der Schweiß lief einem schon über den Rücken, wenn man nur an Bewegung dachte. Selbst die Vögel zwitscherten nicht mehr und klammerten sich ergeben in Erwartung eines frühen Hitzetodes an den Ästen fest. Ich war unheimlich spät dran und musste auf jeden Fall pünktlich in der Schule erscheinen. Unser Zweiter, wie wir den stellvertretenden Direktor liebevoll nannten, ein tierisch scharfer Hund, hatte mir letzte Woche angedroht: »Nadja, wenn das nicht sofort aufhört mit deinem unentschuldigten Zu-spät-Kommen, müssen wir deine Eltern verständigen und eine Klassenkonferenz einberufen. Das kannst du auch deinen Kollegen Schneider und Bornemann mitteilen.«

Der würde das echt tun, der einzig konsequente Typ in diesem Scheißladen. Und das konnte ich nicht auch noch gebrauchen. Dabei war das doch gar nicht meine Schuld gewesen.

Sage mir einer, wie man Lehrern klar machen kann, dass das Leben so viel von einem abfordert, dass man schlicht und einfach keine Zeit mehr für die Schule hat?

Ich hatte Elfriede in meinen Turnbeutel gesteckt und ihr eingebläut, ja keinen Zoff zu machen und sich auf keinen Fall zu zeigen. Nicht auszumalen, was passieren würde, wenn der Zweite oder sonst einer der Lehrer Elfriede zu Gesicht bekäme. Ich rannte wie eine Bescheuerte, um diesen blöden Schulbus noch zu kriegen, und wühlte mich dann durch das nervende, schnatternde Menschenknäuel Richtung letzte Bank. Dort saß ein kleiner Streber und lernte Latein. Ich stellte mich vor ihn hin, zog ihn an seiner Kapuzenjacke hoch und sagte: »Haben dir deine Eltern nicht beigebracht, dass man aufstehen soll, wenn ältere Leute kommen?«

Der Sponk schaute mich mit großen Augen an, tuschelte noch schnell mit seinen Mitstrebern, dann zogen sie es vor, beleidigt aufzustehen und wortlos abzuziehen.

Elfriede lugte aus ihrem Turnbeutel hervor und murmelte: *Mutig, um nicht zu sagen tollkühn. Ich bin beeindruckt.*

Ich ignorierte sie, ließ mich auf die Bank fallen und schaute auf meinen Stundenplan: Doppelstunde Englisch, Gemeinschaftskunde, Doppelstunde Sport.

»Hey, Nadja!«

Kollege Bornemann hatte wohl gesehen, dass ich eingestiegen war, und hatte sich zu mir durchgekämpft. Er setzte sich neben mich, es war ja nun massig Platz.

Ich streckte ihm den Stundenplan entgegen. »Unvorstellbar, findest du nicht auch? Wie wir das überstehen sollen! Das ist Folter!«

»Yep«, antwortete Benny, Kaugummi kauend.

Der Bus gab als Kommentar erst ein ächzendes, dann ein stöhnendes Geräusch von sich, hielt an, die Türen öffneten sich, und die Meute stürzte schulgeil und schreiend nach draußen, als ob sie es nicht erwarten könnte. Benny und ich trabten langsam hinterher, man muss es ja nicht übertreiben.

Deniz stand bei den Fahrradständern, umringt von seinen Nachhilfeschülerinnen. Ich hoffte inständig, dass er keine Anspielungen bezüglich Elfriede machen würde. Doch er schloss sich uns mit einem unverbindlichen »Hi« an und wir gingen die Treppe hinauf.

Im ersten Stock wartete schon der Zweite und tötete uns mit seinem Blick. Wir brauchten ein weiteres Stockwerk, um wieder aufzuerstehen, und schmissen uns total erschöpft in unsere Bänke. Meine Kolleginnen und Kollegen waren offenbar wesentlich besser gelaunt, denn es ging um mich herum drunter und drüber.

»Hast du Englisch?«

»Wieso Englisch?«

»Hatten wir da was auf?«

»Klar, eij, wir schreiben morgen eine Arbeit, du Penner!«

»Hey, hat jemand gestern diese geile Sendung aufgenommen?«, versuchte Petra alle zu überschreien.

»Hey, Deniz! Hast du Englisch? Ich brauch das ganz dringend, wir schreiben morgen eine Arbeit.« Deniz wühlte in seiner Tasche, gab mir sein Heft, stellte sich vor mich und schaute mir dabei direkt in die Augen. Eine äußerst irritierende Angewohnheit.

»Wie wär's, wenn du mal selbst was tun würdest, anstatt dich nur durchs Leben zu schmarotzen?«

Ich zog überrascht meine linke Augenbraue hoch. Was war aus dem höflichen Deniz geworden?

Benny lachte. »Mach dir nichts draus, Nadja! Die Schmarotzerpflanze überlebt und gedeiht und der arme Wirt muss kläglich dahinsiechen. Biologie siebte Klasse!«

»Nun ja, wenn das so ist, dann muss sich die gute Nadja eben einen anderen Wirt suchen. Ich habe nicht vor dahinzusiechen. Vielen Dank für den Tipp, Benny!«

Damit riss mir Deniz sein Heft aus der Hand, gab mir einen Kuss auf die Backe und sagte: »Viel Glück bei der Suche, Schätzchen! Versuch's doch mal bei Benny.«

Benny wollte aber kein Wirt sein, und es entstand dieses endlose Tohuwabohu, wo alle sich mit allen in die Haare kriegen und du schon erst einmal völlig am Arsch bist, bevor die Schule überhaupt angefangen hat. Frau Sonntag kam herein, setzte sich auf das Pult, beobachtete uns eine Weile und beamte uns dann alle auf unsere Plätze. Es ist mir immer schleierhaft, wie sie das hinkriegt. Selbst Benny und Tanja, die sich sonst allen Erziehungsversuchen erfolgreich widersetzen, sind bei ihr lammfromm.

«Good morning, ladies and gentleman. Isn't it a nice day today, Benny?«

»Yes, it is, Mrs Sonntag.«

Deniz schaute sich um, suchte meinen Blick, lächelte verächtlich und flüsterte: »Hol dir doch deine Englischaufgaben bei dem Schleimer!«

»Now, dear Deniz, would you be so nice as to start the day with a summary of our text.«

Ich grinste zurück. »Geschieht dir recht.«

»What was the topic? Nadja?«

»Nebraska. The country in the middle of nowhere.«

Nach einer Doppelstunde Englisch bei Frau Sonntag bist du bereit, dein Testament zu machen. Herr Wetekamp musste uns nur noch reif ernten.

»Na, guten Morgen, meine Lieben! Ich glaube, ich muss meiner lieben Kollegin einmal ein Fläschchen Turmberger als Dankeschön überreichen. Sie leistet hervorragende Vorarbeit. Aber das ist erst der Anfang eines langen und ereignisreichen Tages. Wir wollen uns heute mit dem Wirtschaftsstandort Deutschland befassen. Nehmt bitte eure Hefte heraus und schreibt mit!«

Kollektives Stöhnen.

Meine Finger waren mittlerweile völlig gefühllos vom vielen Abschreiben. Ich lehnte mich zurück, dehnte meine Schultern, schaute auf die Uhr (keine Erlösung in Sicht), dann aus dem Fenster, dann zu Deniz und dann zu Susie, die neben ihm saß.

Mir gefror das Blut in den Adern, mir standen die Haare zu Berge: Aus Susies Schultasche hing ein dünner, rosa Schwanz. Wahrscheinlich tat sich Elfriede gerade an Susies Leberwurstbrot gütlich. Ich wäre verloren, wenn Elfriede in Wetekamps Stunde entdeckt würde.

Wetekamp war Gott sei Dank noch damit beschäftigt, uns den Wirtschaftsstandort Deutschland graphisch an der Tafel zu veranschaulichen, und zum ersten Mal in meinem Leben war ich dankbar über seine, wie er selbst sagte, »komplexen und trotzdem klaren« Tafelanschriebe. Ich ließ mich ganz vorsichtig auf den Boden gleiten und murmelte auf allen vieren meinen fragend schauenden Klassenkameraden zu: »Lasst euch nicht stören, ich habe nur meine Kontaktlinsen verloren.«

Ganz vorsichtig schlich ich mich gebückt durch die vier Reihen in Richtung Susies Schulranzen und hoffte inständig, dass niemand auf die Idee käme zu fragen, warum ich meine Kontaktlinsen an der unwahrscheinlichsten Stelle des ganzen Klassenzimmers suchte und dabei noch meinen Turnbeutel hinter mir herzog. Ich wollte gerade unauffällig Elfriede aus Susies Tasche erretten, als Susie zu mir herunterblickte und anfing, markerschütternd zu kreischen. Denn im selben Augenblick war Elfriede aus Susies Tasche gesprungen, dann auf ihren Schoß und über die Bänke, bis sie sich endgültig unter dem Pult versteckte.

Hysterisches Schreien auf allen Seiten: »Eine Ratte, echt geil, eij! – Das ist der geilste Auftritt seit Jahren. – Spitzenidee, Nadja. – Ich wusste gar nicht, dass du 'ne Ratte hast.«

Herr Wetekamp drehte sich langsam um und schaute uns entgeistert an. »Seid ihr eigentlich völlig durchgeknallt? Was machst du denn da auf dem Boden, Nadja?«, donnerte er. »Bist du von allen guten Geistern verlassen?« Und dann eisig: »Wer hat dieses Vieh mitgebracht?«

Ich erhob mich mühsam, ging zurück zu meinem Platz und setzte mich.

Wetekamp schaute mich verächtlich an. »Nun, mein Fräulein, wenn man Scheiße baut, sollte man auch dazu stehen, oder?«

»Ich sage nichts ohne meinen Anwalt«, brachte ich lahm

hervor, fand es jedoch selbst nicht besonders witzig, aber irgendetwas musste ich ja schließlich sagen.

»Sie gehört eigentlich mir«, sagte da plötzlich Deniz.

»Dir? Ich habe immer gedacht, wenigstens du hättest Verstand im Kopf.«

»Es tut mir Leid, Herr Wetekamp. Meine Mutter hat diese Ratte vor einem schrecklichen Tierversuch gerettet und wir haben noch keinen Käfig. Ich hatte sie in meiner Fahrradtasche. Sie muss mir gefolgt sein.«

Deniz stand auf, holte Elfriede unter dem Pult hervor und murmelte so, dass wir es gerade noch hören konnten: »Na na, dass wir aber auch solch einen Ärger machen müssen! Sag Entschuldigung und ade!« Er nahm Elfriedes Pfötchen und winkte zuerst in Richtung Wetekamp und dann in unsere Richtung. »Ich bringe sie nur schnell zurück.«

Herr Wetekamp lehnte sprachlos am Pult und schüttelte den Kopf.

Benny flüsterte: »Das hätte ich dem Deniz gar nicht zugetraut! Echt abgedreht!«

Herr Wetekamp kam zu mir an meinen Platz und sagte: »Nun, Nadja, da muss ich mich bei dir entschuldigen. Aber du wirst mir wohl nicht verübeln, dass ich die Ratte dir zugeordnet habe. Bei deinem Aussehen!« Er kratzte sich am Kopf. »Aber der Schein trügt offensichtlich manchmal. Sag, was hast du eigentlich mitten in der Stunde auf dem Boden gesucht?«

Die Schulglocke erlöste mich von dieser inquisitorischen Frage.

In der Pause blieb ich im Klassenzimmer und gab vor, nach meinen Kontaktlinsen suchen zu müssen. Ich setzte mich auf meinen Platz und kritzelte sinnlos Figuren in mein Englischheft. Das Leben mit Elfriede fand ich schwierig genug, aber die Kombination Deniz – Elfriede überforderte mich total.

Plötzlich stand er in der Tür. »Sie ist jetzt in meiner Fahrradtasche. Ich habe sie mit Milchschnitten bestochen, dass sie ruhig bleibt. Man muss einfach immer dafür sorgen, dass sie was zu fressen hat. Du kannst sie nachher wieder in deinen Turnbeutel packen; sie wartet auf dich.«

Nach der Pause erfuhren wir, dass die letzten zwei Stunden Sport ausfallen würden.

Hitzefrei!

High Noon

Ich hatte es Gott sei Dank geschafft, mich im Bus erfolgreich durch das Gewühl und Gejohle zu meinem Stammplatz hinzuarbeiten. Ich schmiss meinen Ranzen auf den Boden und ließ mich total erschöpft niederfallen, Elfriede wohl bestallt in meinem Turnbeutel mit einer Kindermilchschnitte. Ich legte den Kopf an die Scheibe und schloss die Augen. Vergeblich versuchte ich, das Geschrei um mich herum auszublenden. Benny hatte sich wie immer neben mich gesetzt, konnte sich nicht beruhigen und begann, das Ereignis des Vormittags wieder und wieder aufzuwärmen.

»Dieser Deniz, unglaublich! Hat der Typ 'ne Ratte! Der ist wirklich immer mal wieder für 'ne Überraschung gut. Echt geil! Das war vielleicht irre, als er …«

»Deniz, äh, Benny, bitte lass gut sein! Ich will einfach nur meine Ruhe haben, ich hab nämlich schreckliche Kopfschmerzen.«

Benny hatte damit keine Probleme, drehte seinen Kopf einfach in die andere Richtung und müllte seinen Nachbarn zu.

Langsam leerte sich der Bus und auch Benny musste sich losreißen und seinen Vortrag unterbrechen.

»Tschüs, Nadja! Und gute Besserung auch!«

»Was? Ja, danke!«

Ich schloss wieder die Augen und ließ mir noch einmal die Katastrophen des Morgens durch den Kopf gehen. Deniz hatte ich es zu verdanken, dass ich nicht tierische Schwierigkeiten bekommen hatte. Das gefiel mir ganz und gar nicht! Ich hasse es, dankbar sein zu müssen.

Und auch die Prüfungen, die mir bevorstanden, wagte ich mir kaum vorzustellen. Aber ich würde mich der drohenden Gefahr in Gestalt meiner Mutter nicht entziehen und mich dem Feind mutig entgegenstellen. Mir war schrecklich flau im Magen.

Ein plötzliches Bremsen des Busses am Bahnübergang ließ mich aufschrecken, und ich schaute aus dem Fenster auf die endlos weiten Spargeläcker, deren Kraut sich braun zu verfärben begann und zusammen mit der flimmernden Hitze den Eindruck einer Westernlandschaft vermittelte. Ein stetiger Wind vom Rhein her ließ sogar einen vertrockneten Busch über den Boden kullern und in der Ferne näherte sich der Intercity nach Stockholm …

Ich sah auf die Uhr. High Noon in Spargelcountry. Der Bus fuhr wieder an, hielt dann ein paar Minuten später vor dem Saloon und spuckte die wenigen Bewohner des Dorfes aus, die sich schweigend auf ihre Bikes schwangen und auf ihre Farmen ritten. Langsam schlenderte ich die wenigen Schritte in der Mittagshitze zu unserem Haus hinüber, nahm den Schlüssel aus meiner Tasche und schloss auf.

Ich schnüffelte in die Luft und in meinem Turnbeutel

bemerkte ich aufgeregte Bewegungen. Es duftete übel verführerisch nach Lasagne, wahrscheinlich von Robert vorgekocht. Er versucht nämlich, unserem Haushalt Struktur und Ordnung zu vermitteln. Er macht Putz- und Kochpläne. Heute Morgen hatte er im Geschäft angerufen, um den Tag frei zu nehmen, weil er meiner Mutter beistehen wollte.

Ich gab Elfriede letzte Verhaltensanweisungen: »Mach bloß keinen Scheiß! Wir haben so schon genug Ärger!«

Sprichst du mit dir selbst, oder was?

Ich setzte Elfriede auf die Schulter und schlenderte cool in die Küche. Betretenes Schweigen empfing mich. Meine Mutter saß kerzengerade auf ihrem Stuhl und hielt geistig Zwiesprache mit dem Schnittlauchtopf auf unserem Küchenfenster. Robert war damit beschäftigt, konzentriert die Lasagne aus der heißen Form zu verteilen. Heike schaute wie immer stumm auf ihren Teller und spielte »Was ich nicht weiß, macht mich nicht heiß«, nahm Messer und Gabel und fing an im Essen rumzustochern, bis kleine Dampfvulkane aufstiegen.

Steffens Haare waren rund um seine Wunde herum abgeschnitten worden und der Rest stand etwas verloren und desorientiert nach allen Richtungen vom Kopf ab. Seine Stirn war geschwollen und eine hässliche, blaurote Narbe mit fünf schwarzen, stacheldrahtartig aussehenden Stichen bildete den dramatischen Mittelpunkt. Seine Augen waren rot gerändert und weit aufgerissen.

»Hey, allerseits! Na, Steffen, mein Brüderchen! Momentan siehst du eher aus wie Voldemort nach seinem größten

Kampf und nicht wie Harry Potter. Aber das wird wieder, keine Sorge!«, sagte ich lässig.

Ich schaute in die Runde und gab von mir: »Also kein Grund, hier wie die Trauerklöße herumzusitzen. Er lebt ja noch. Vielleicht ist es ja der Anfang einer großen Karriere.«

Die eisige Stimme meiner Mutter unterbrach mich: »Da du schon mal früher heimkommst, setz dich! Ich muss mit dir reden.«

Bringt sie dich jetzt um?, flüsterte Elfriede neugierig und blutrünstig und in Erwartung eines neuen großen Spektakels.

»Schlimmer, Elfriede, schlimmer!«, flüsterte ich ihr zu. Bisher war es erst zweimal in meinem Leben vorgekommen, dass meine Mutter gesagt hatte: Ich muss mit dir reden. Und beide Male hatte es in einem völligen Fiasko geendet, bei dem wir uns gegenseitig angeschrien und dann tagelang kein Wort miteinander geredet hatten. Beim zweiten Mal hatte der gut integrierbare Biertrinker uns von der Couch aus beobachtet, uns zugeprostet und gesagt: »Ihr habt einfach keine Streitkultur in dieser Familie.«

Womit er unversehens einen Zweifrontenkrieg eröffnet hatte, der darin endete, dass die zwei schwächeren Parteien sich hinter die Linien zurückzogen – ich auf meine Isolierstation und er in die Kneipe, Fußball gucken. Es gibt ein altes Sprichwort: Aus einer Schlacht, die man nicht gewinnen kann, soll man sich zurückziehen.

Aber die Zeiten hatten sich geändert, und ich war nicht

mehr bereit, kampflos das Feld zu räumen. Ich ließ mich also nicht beirren, häufte ein großes Stück Lasagne auf meine Gabel, sortierte geistig die Lage und murmelte beiläufig: »Also, was geht?«

Es gab einen ohrenbetäubenden Krach und mir flog die Lasagne von der Gabel. Meine Mutter hatte ohne Vorwarnung die klassische Eröffnung ausgelassen und mit der Faust auf den Tisch geschlagen, dass das Geschirr klapperte.

»Es reicht! Es reicht jetzt! Es reicht jetzt endgültig!« – Erneuter Faustschlag – »Dieses Vieh« – Stöhnen – »hier verschwindet!« – Ausgestreckter Arm in Richtung Elfriede – »Dein Anblick kotzt mich an!« – Erneuter Faustschlag – »Ich hab lange genug zugeschaut und nichts gesagt. Wie du aussiehst! Wie dein Zimmer aussieht! Dass du nichts mehr lernst und dass du denkst, du kannst dich mit dummen Sprüchen durchs Leben schleichen! Das Gerede der Nachbarn und die ständigen Termine in der Schule wegen deiner ewigen Zuspätkommerei. Ich habe es satt! Ich habe die Nase voll. Gestrichen voll! Dieses Vieh« – Stöhnen – »verschwindet auf Nimmerwiedersehen, und zwar sofort!« – Letzter Faustschlag, verhaltenes Weinen von Steffen. Enter Billy the Kid.

»Und das von dir, liebe Mutter! Du bist doch sonst so tierlieb. Bei jedem Film schreist du entsetzt: ›Oh, die armen Pferde!‹ Und was hast du uns schon alles zugemutet mit deiner Tierliebe!« – Ausgestreckter Arm in Richtung Mutter – »Wir mussten schon hunderte von schwindsüchtigen, klapperdürren Katzen mit Katzenschnupfen und tränenden Augen ertragen.« – Illustrierende, ausschweifende Armbewegung – »Jede Spinne wird von dir in einem Glas gefangen und vorsichtig nach draußen transportiert! Jeder dahergelaufene Straßenköter findet bei dir Mitleid und Unterschlupf.« – Schnauben. Kurze Pause – »Und ich bringe *einmal* ein sauberes, wohlerzogenes Tier mit, das sogar sprechen kann. Eine Zauberratte!«

»Red nicht immer solchen Blödsinn, ich kann es nicht mehr hören. Meine Tiere waren Haustiere, die ohne menschliche Fürsorge nicht hätten überleben können!«, schrie meine Mutter. »Das hier ist kein Tier, das ist Ungeziefer!«

»Apropos Ungeziefer«, sagte ich mit angestrengt ruhiger Stimme und einem Blick auf Nummer 5. »Das *Ungeziefer*, das *du* uns schon seit Jahren in verschiedenen Ausführungen zumutest, möchte ich lieber gar nicht erwähnen.«

Mein Herz klopfte wie wild, ich setzte mich, hielt nun meinerseits Zwiesprache mit dem Schnittlauch und wartete auf den Gegenschlag.

Jetzt mischte sich das Ungeziefer auch noch ein: »Bist du jetzt völlig verrückt geworden, Nadja? Du entschuldigst dich sofort bei deiner Mutter.«

»Wieso bei meiner Mutter?« Raffte der eigentlich gar nichts?

Heike stand auf und verließ, »Du machst wieder alles kaputt« murmelnd, die Küche, während meine Mutter sich langsam erhob und kaum hörbar sagte: »Raus! Verschwinde! Geh auf dein Zimmer! Ich möchte dich hier nicht mehr sehen!«

Ich spürte, wie mir die Tränen in die Augen schossen und mein Hals zu schmerzen begann. – Enter Billy the Kid – »Gut! Gut! Schön! Schön, dass das einmal gesagt wird. Ich gehöre hier sowieso schon lange nicht mehr dazu!«

Ich rannte aus der Küche, schmiss die Türe hinter mir zu und die Tränen liefen mir über das Gesicht. Ich raste hoch zu unserem Speicher und kramte meinen Trekkingrucksack und meinen Schlafsack hervor. Keine Minute länger als nötig würde ich in diesem Haus bleiben.

Was packst du denn da? Elfriede schnüffelte neugierig an meinem Rucksack, dem Schlafsack und dem Spankorb herum, den ich mir bereitgestellt hatte.

Wenn es mir schlecht geht oder wenn ich wichtige Dinge entscheiden muss, gehe ich immer zu meiner Oma. Sozusagen die Lage aussortieren. Ich hatte allerdings keinerlei Absicht, Elfriede zu erzählen, dass sie heute Nacht nicht in einem Barbie-Schloss, sondern höchstwahrscheinlich in irgendeinem Rattenloch würde übernachten müssen.

»Komm, Elfriede! Wir gehen.«

Wie lange muss man Schauspielunterricht nehmen, bis man so eine Szene hinkriegt?

»Das machen wir aus dem Stegreif.« – Exit Billy the Kid.

Auszug

»Wir fahren jetzt nach Karlsruhe. Zu meiner Oma Anna. Mit der S-Bahn«, fühlte ich mich bemüßigt Elfriede zu erklären.

Meine Ratte bekam große Augen, soweit das bei ihren Stecknadelscheinwerfern möglich ist. *Toll! Mit der Essbahn! Was gibt es denn da zu essen?*

Auf solch einen Schwachsinn ließ ich mich nicht ein. Sie würde schon früh genug merken, was Sache war. Zur Not würde ich ihr einen Ausflug in den Abfallbehälter erlauben und zu ihr sagen: »Deswegen heißt unsere S-Bahn Essbahn, also geh und friss und halt die Klappe!« Ich musste wohl Klartext mit ihr reden, sonst tanzte sie mir auf der Nase herum.

Wir machten uns auf den Weg, stiegen in die S-Bahn und fuhren nach Karlsruhe. Elfriede lag beleidigt im Spankorb und stellte sich tot. Am Marktplatz war ein kleiner Zwischenstopp angesagt, weil ich noch Geranien für Oma Anna kaufen wollte, und Elfriede war von dem bunten Treiben so fasziniert, dass sie sich entschied, einen kleinen Auferstehungsakt zu inszenieren. Sie wuselte auf meiner Schulter hin und her und wusste nicht, wohin sie zuerst schauen sollte.

Wollte dieses sehen und an jenem schnüffeln. War plötzlich ganz aufgeregt und rief: *Halt! Halt! Schau, da! Da drüben! Da sind welche, die sehen so aus wie du! Waren die auch mit dir im Labor?*

Ich war mir nicht im Klaren darüber, ob sie wirklich glaubte, ich sei einem Versuchslabor entkommen, oder ob sie mich ärgern wollte. Ich vermute Letzteres.

Ich schlenderte hinüber zu meinen vermeintlichen Leidensgenossen, um ein kleines Plauderstündchen zu halten und um ihnen Elfriede vorzustellen. Die Punker-Clique am Marktplatz war mir, als wir noch in Karlsruhe gewohnt hatten, zu meiner zweiten Heimat geworden. Und wenn ich die Typen aus meiner Klasse nicht mehr ertragen konnte oder meine Familie mir übel auf die Nerven ging, fuhr ich mittags mit der S-Bahn nach KA, um dort mit meinen Kumpels rumzuhängen, manchmal bis spätabends, was mir natürlich Megastress mit meiner Mutter einhandelte.

Aber das war es mir wert. Hier stellte niemand blöde Fragen, hier konnte ich einfach vor mich hin dämmern. Außerdem fand ich auch total interessant, wie die Typen so lebten. Frei und unabhängig.

»Hi!«

»Hi!«

»Was geht?«

»Passt schon.«

»Coole Ratte. Schwarz. Hab ich noch nie gesehen, so eine. Wo hast du die denn her?«

»Von einem Freund.«

»Punker, was?«

»Eher nicht«, murmelte ich.

»Hast wohl Freunde bei der Müllabfuhr.«

Ich setzte mich im Schneidersitz auf den Boden, wir ließen die Bierflasche kreisen und uns die heiße Julisonne auf den Pelz brennen. Elfriede, die nach ihrem Auferstehungsakt größenwahnsinnig geworden war, versuchte, sich mit Alex' Hunden anzulegen. Es quietschte und bellte und war ein Riesenzirkus und die Leute machten uns an und wir dissten zurück.

Siddy wollte noch einmal unbedingt wissen, wo ich Elfriede herhätte, sie wolle auch so eine, aber das Thema war mir absolut unangenehm und ich sagte: »Danke fürs Bier, aber ich muss noch dringend was erledigen. Man sieht sich.«

Ich war auf dem Weg zu den Blumenständen, als ich plötzlich von einer ganzen Schar neugieriger Kinder umringt war, die alle Elfriede streicheln wollten. Bei kleinen Kindern werde ich einfach schwach. Die haben einen Blick, dem ich nicht widerstehen kann. Elfriede wurde bewundert, o wie süüß!

Sie schnurrte, stolzierte umher, spielte brav und wurde wahrscheinlich noch ein Stück größenwahnsinniger. Die Mütter beäugten uns skeptisch. Sie waren sich nicht sicher, ob ihre lieben Kleinen diese Begegnung ohne Gefährdung für Geist (Alpträume) und Körper (Flöhe) überstehen würden.

Nach dieser etwas stressigen Episode suchten wir uns ein gemütliches Plätzchen zum Essen. Ich muss mittags etwas essen und Bier auf leeren Magen finde ich eigentlich sowieso ätzend.

Was ist denn das Seltsames? Elfriede zeigte auf das Wahrzeichen meiner Stadt.

»Das ist eine Pyramide. Die hat sich dieser Karl bauen lassen, dieser Typ, der die Stadt gegründet hat. Der wollte in einer Pyramide begraben sein.«

Ich holte mir bei der Nordsee ein Fischbrötchen, und wir setzten uns einträchtig auf die große eiserne Kette, die die Pyramide umrandet, aßen und schauten in den seidenblauen Himmel.

Ich sah mich um und kam ins Denken. Das passiert mir immer, wenn ich unter Menschenmassen bin. Ich dachte über Karl nach, diesen Typ, der seine Stadt Karlsruhe genannt hatte. Der war mir schon immer sympathisch gewesen, wegen der Pyramide und der Ruhe. Das ist nämlich zur Zeit das Wichtigste in meinem Leben: Ich will meine Ruhe haben.

Ich habe mich einmal mit einem süßen Jungen aus der Oberstufe unterhalten, bei unserer Disco. Solche ernsthaften Gespräche finde ich absolut geil, aber das geht nur mit Älteren oder vielleicht mit Deniz, der mir dauernd im Kopf rumschwirrt. Also, dieser Typ, der tauchte. So mit Flasche und allem Drum und Dran.

»Kriegst du da nicht Platzangst, da unten?«, fragte ich.

»Nein, dort ist es so wunderbar still. Nur die Fische, das Licht und das Wasser und Kühle. Und Farben, blau und grün. Und weit und breit keiner, der dich mit irgendeinem Schwachsinn zutextet.«

Das leuchtete mir ein. Deshalb habe ich auch vor dem Tod keine Angst. Ich stelle mir das ganz entspannt vor und ich will unbedingt auch in einer Pyramide begraben sein.

Ich diskutierte das kurz mit Elfriede. Sie war einverstanden, bestand aber auf einer eigenen Pyramide und auf das Barbie-Pferd als Grabbeigabe. Ich musste lachen bei dieser Vorstellung, platzierte sie vorsichtig in ihren Spankorb zurück und kaufte meine Geranien. Ich setzte meine schwarze Sonnenbrille auf, winkte noch ein letztes Mal einen Gruß in Richtung meiner Kollegen und dann entführten wir die nächste Straßenbahn.

*

Mein lieber Deniz!
Der Sommer hier bei uns in Istanbul ist dieses Jahr unerträglich heiß. Ich sitze in einem Cafe, trinke Tee und will die Zeit nutzen, dir ein paar Zeilen zu schreiben.
Was du über deine Freundschaften schreibst, geht mir nicht mehr aus dem Kopf. Es sind zwar nur Puzzleteile, die ich von dir bekomme, aber ich glaube, ich habe ein vages Bild davon bekommen, wie eure »Beziehungen« aussehen.
Da ich die Menschen, mit denen du zu tun hast, nie gesehen habe, kann ich sie schlecht beurteilen, und wenn ich dir meine Bedenken mitteilen würde, wenn ich von dieser seltsamen Nadja höre, wäre dir wohl wenig geholfen. Wahrscheinlich würdest du mir gar nichts mehr über sie schreiben.
Außerdem gibt es leider auch bei uns nicht nur gute

Neuigkeiten. Opa Yülmaz wird immer schwieriger. Du weißt, wie ihn sein Rheuma plagt. Er sitzt nun stundenlang vor dem Haus, grummelt vor sich hin und ist mit nichts zufrieden. Er vergisst immer mehr und macht deiner Großmutter Vorwürfe wegen Dingen, die schon Jahre zurückliegen. Ich habe ihn kürzlich am Abend gefragt, wie er seinen Tag verbracht habe, und da hat er gesagt, er sei den ganzen Morgen in Istanbul unterwegs gewesen und habe wichtige Einkäufe erledigt. Ich konnte mir ein Lachen nicht verkneifen und fragte ihn, was er denn eingekauft habe. Er schaute mich vorwurfsvoll an und antwortete, was man zum Leben eben so brauche. Oma stand händeringend daneben und sagte, so gehe das schon seit Wochen. Dabei sitzt er den ganzen Tag nur auf der Bank und rührt sich nicht vom Fleck.
Ich besuche die beiden, so oft ich kann. Allerdings befürchte ich, dass Opa als Lieferant von »geilen« Sprüchen ausfallen muss. Die Sprüche, die er momentan macht, sind scharf und verletzend und lachen kann niemand darüber. Ich habe aber in einem schlauen Buch ein paar Gedanken gefunden, die ich dir mitteilen will. Der Prophet Kahlil Gibran schreibt über die Freundschaft:

»Euer Freund ist die Antwort auf eure Nöte. Denn was ist ein Freund, wenn ihr ihn nur aufsucht, um die Stunden totzuschlagen. Sucht ihn auf, um die Stunden mit ihm zu erleben. Denn er ist da, um eure Bedürfnisse zu befriedigen, nicht aber eure Leere auszufüllen. Und in der Süße der Freundschaft lasst Lachen sein und geteilte Freude.

Denn im Tau kleiner Dinge findet das Herz seinen Morgen und wird erfrischt.«

So, nicht mehr und nicht weniger! Fang damit an, was du willst.
Ich bin in Gedanken bei dir und freue mich darauf, bald wieder von dir zu hören,
dein Vater

*

Lieber Vater,
ich finde es ziemlich beschissen, dass wir nicht zusammen sind. Es ist ganz schrecklich, schlechte Neuigkeiten in einem Brief zu erfahren! Es ist schrecklich, dass ich nicht einfach zu Opa fahren und ihn selbst besuchen kann. In meiner Phantasie stell ich mir alles viel schlimmer vor, als es wahrscheinlich ist, besonders abends, wenn ich im Bett liege. Am schlimmsten ist, nichts tun zu können … Meinst du, Opa stirbt bald? Grüß die beiden von mir und erzähl ihnen, wie es mir geht. Aber nicht, wie es mir wirklich geht!! Du verstehst schon. Es geht mir nämlich nicht besonders gut. Manchmal denke ich, ich bin so ganz anders als alle anderen. Dann sitze ich am Rhein und starre in den Fluss und komme mir vor wie tausend Jahre alt. Am liebsten wäre ich eine dieser Schildkröten, die bei uns im Botanischen Garten im Kakteenhaus ihre Kreise ziehen. Einen großen Panzer um dich herum und du isst deinen Salat und nichts macht dir was aus!!!!!
Ich denke immer, ich bin der einzige Mensch auf Erden, der solche Gedanken hat, und ich würde alle

Reichtümer der Welt geben – wenn ich sie je hätte –, um einen Menschen zu finden, der meine Gedanken versteht und teilt.
Aber, wie Elfriede immer sagt: Woher nehmen, wenn nicht stehlen!
Nadja hat Elfriede mit in die Schule gebracht und sie ist in der Gemeinschaftskundestunde ausgerissen (Elfriede, nicht Nadja). Wetekamp war geschockt, die Klasse hat gejohlt und Susie hat einen Heulkrampf gekriegt, musste ins Sekretariat gebracht und von ihrer Mutter abgeholt werden, die den Vorfall »unglaublich und unerhört« fand und droht, ihre Tochter von der Schule zu nehmen. Du kannst dir vorstellen, was das für ein Aufstand war.
Ich habe ihr (Nadja) dann einige Peinlichkeiten erspart, indem ich behauptet habe, die Ratte gehöre eigentlich mir, was irgendwo ja auch stimmt.
Was du über die Freundschaft geschrieben hast, ist wunderschön, aber leider unrealistisch. Nun ja, kommt ja auch von einem Propheten und das sind ja wohl auch ziemlich krasse Typen gewesen. Es hat mich aber immerhin dazu gebracht, über mein Verhältnis zu Nadja nachzudenken. Keiner von uns hat das ja jemals als Freundschaft definiert. Wenn, dann ist es eher eine Feindschaft oder Hassliebe. Außerdem nutzt sie die Leute nach Strich und Faden aus und ist auch noch stolz darauf!!!!!
Warum fühlt man sich zu jemandem so hingezogen und kann es kaum beeinflussen? Ich habe für mich entschieden, dass es einfach nur die Hormone sind. Ein rein chemischer Vorgang.
Übrigens kursiert hier neuerdings ein ziemlich alberner

Spruch, ich muss mir ja immer diese ganzen Türkensprüche anhören, hej Alter und so. Also:

Lach net! Achmed!
Überm Mehmet sein Hemed!
Sonst kommt der Abdul mit em Fahrstuhl
und der Aladin mit der Waschmaschin!

Über den haben wir uns halb totgelacht, weil er so richtig schön blöd ist. Den kannst du ja Opa Yülmaz um die Ohren schlagen, wenn er mal wieder assig zu der Oma ist.
Bis bald,
dein Deniz

*

Oma

Wir stiegen aus und gingen die breite, von Platanen gesäumte Allee entlang.

Elfriede schaute sich neugierig um, zählte zwei und zwei zusammen und fragte: *Wo ist denn deine Oma gestorben? Im Labor?*

Manchmal konnte Elfriede echt penetrant sein.

»Jetzt lass mal den Scheiß, ja! Nicht alle von uns sterben im Labor. Eigentlich überhaupt keiner! Meine Oma ist eines ganz natürlichen Todes gestorben: im Ohrensessel.«

Elfriede legte den Kopf auf die Seite, als ob sie sich verhört hätte, und fragte: *Was in aller Welt ist ein Ohrensessel?*

»Ein Sessel mit Ohren, du Dummian! Sie hat gesagt: ›Ich muss mich mal setzen, mein Kind! Mir wird das alles zu viel.‹ Und dann hat sie sich gesetzt und ist nicht mehr aufgestanden. Eine absolut konsequente Art zu sterben, finde ich.«

Wir liefen die alte Friedhofsallee entlang, schauten die Gräber an, lasen die Aufschriften und wunderten uns darüber, was für komische Namen manche Leute haben und wie jung manche Leute sterben.

Vor einem besonders schön gepflegten Grab blieben wir stehen:

Hier ruhen in Gottes Frieden
unsere geliebten Eltern
Elisabeth und Fritz Kornblum

»Was meinst du, Elfriede, ist das nicht beneidenswert? Diese Leute haben bis an ihr Lebensende zusammengelebt – nehme ich wenigstens mal an – und liegen jetzt in Gottes Frieden gemütlich zusammen im Grab.«

Na ja, ob ich das gemütlich nennen würde …

»Finde ich schon. Meine Mutter kann jedenfalls froh sein, wenn sich ihr erster Lebengefährte – mein Erzeuger – später überhaupt noch an sie erinnert. Und ich weigere mich sowieso, das Grab meiner Mutter zu pflegen, wenn sie sich je entschließen sollte, es mit einem dieser Nummernheinis zu teilen.«

Und wenn sie total Pech hat, dachte ich grimmig weiter, und ihr ganzes Geld für irgendeine Scheiß Pflegeversicherung ausgibt oder irgendeinen Chaoten unterstützt, der ihr das Geld aus der Tasche zieht, und sie am Schluss arm wie eine Kirchenmaus ist, dann würde sie vielleicht anonym begraben werden.

Die Sonne knallte auf den Planeten, es war unglaublich heiß an diesem Sommertag und wir waren fast allein. Manchmal kamen uns ein paar Leute entgegen, schauten uns verschreckt an und dachten wahrscheinlich, wir seien gekommen, um eine schwarze Messe auf den Gräbern zu feiern.

Wir setzten uns auf eine Bank an einem alten Brunnen und schauten den Omas zu, wie sie die Gräber gossen.

Elfriede planschte im Brunnen, schloss Freundschaft mit einem Eichhörnchen und zog sich auf dem Kompost einen vegetarischen Vitaminschub rein. Dann kuschelte sie sich an mich, wie immer, wenn ihre elementaren Grundbedürfnisse gestillt waren.

Also, sagte sie, *erzähl!*

»Na ja, weißt du, meine Oma hat eigentlich ihr ganzes Leben mit Sprüchen gemeistert. Sie war im Grunde eine sehr schweigsame Frau, aber wenn ihr eine der Frauen aus der Nachbarschaft auf die Nerven gegangen ist, hat sie nur gesagt: ›Die alte Spinatwachtel‹, und hat sich umgedreht. Wenn sie sich über etwas wunderte, was nicht oft vorkam, sagte sie: ›Mein lieber Herr Gesangverein‹ oder ›Heiland Mailand‹, und schüttelte nachdenklich den Kopf. Wenn sie sich über etwas ärgerte, war es für sie nur: ›So ein Schmarrn.‹ Wenn sie sich über etwas freute, gab sie von sich: ›Dass ich das noch erleben darf!‹ Über Männer hat sie gar nichts gesagt. Da gab es für sie wohl nicht viel zu sagen.«

Ein junger Mann kam vorbei, stemmte seine Gießkanne in den Brunnen, grinste uns an und machte sich wieder auf den Weg.

Ich schaute auf die Uhr und sah, dass es schon ziemlich spät war. Wir mussten uns beeilen, wenn das mit den Geranien und dem Grab meiner Oma noch was werden sollte.

Als ich Elfriede mein Lieblingsgrabmal zeigte – mit dem großen weißen Engel, der kniend und mit geneigtem Kopf seine Hände betend über das Grab hält und die Flügel schützend darüber ausbreitet – fragte sie: *Was ist denn ein Engel?*

»Ein Engel? Mmh, du fragst aber auch Sachen. Ich hab mir ehrlich gesagt noch nie Gedanken gemacht, was ein Engel ist. Ich würde mal sagen, ein Wesen, das einen beschützt.«

Meinst du, mir wachsen dann auch einmal so schöne Flügel?

»Kann sein, aber dann siehst du nicht wie ein Engel aus, sondern eher wie eine mutierte Fledermaus«, sagte ich lachend.

Und wo wohnen Engel?, ließ Elfriede nicht locker.

»Im Himmel natürlich!«, konterte ich, und zeigte theatralisch hinauf in den blauen Sommerhimmel. Elfriede warf mir einen ihrer Töterblicke zu und schwieg. An Omas Grab legte sie sich gemütlich auf den warmen schwarzen Grabstein und sonnte sich.

Ich entfernte erst einmal das Unkraut, das sich in den letzten hundert Jahren angesammelt hatte, und sagte dabei: »Weißt du, damals, als meine Mutter zum ersten Mal auf ihren Weltraumtrip ging, weil unser Vater sie verlassen hatte (wegen einer Jüngeren! Schluchz! Schnüffel! Flenn!), da sagte meine Oma: ›Es wird nichts so heiß gegessen wie gekocht. Wir haben schon Schlimmeres überstanden. Ihr kommt jetzt einfach alle erst einmal zu mir!‹ Und so sind wir mit Mann und Maus« – Elfriede hob fragend den Kopf – »zu ihr in ihre Vierzimmerwohnung in der Kaiserstraße gezogen. Mit Steffens Windelkarton, den Heike plötzlich auch brauchen konnte, weil sie wieder angefangen hatte, in die Hose zu machen. Ich war damals noch nicht in der Schule und Heike und Steffen waren ja fast noch Babys.

Wir haben stundenlang Karten gespielt, das heißt, ich und Oma haben gespielt, Steffen hat auf den Karten rumgekaut und Heike hat die ihren ganz andächtig in die Hand genommen und nicht mehr hergegeben. – Hey! Du sollst keine Geranien fressen! Geh zurück auf deinen Grabstein! – Wir haben stundenlang ferngesehen, in einem Knäuel auf der Couch, bis wir vor dem Fernseher eingeschlafen sind. Manchmal sind wir auch nur so dagesessen, auf ihrem Schoß, abwechselnd oder alle zusammen, und sie hat uns irgendetwas ins Ohr gesummt und uns einfach nur gehalten. Oft sind wir auch spazieren gegangen, an den Bahnhof, an den Marktplatz oder in den Schlossgarten, haben die Leute beobachtet und uns gewundert. Tja, und dann hat meine Oma die Fliege gemacht, und meine Mutter war gezwungen, ihren Weltraumtrip vorzeitig zu beenden und sich um organisatorische Dinge zu kümmern.«

Mein Kreuz tat mir vom vielen Bücken schon schrecklich weh. Ich erhob mich und sagte: »So, jetzt weißt du Bescheid, Elfriede. So war das.«

Aber Elfriede war eingeschlafen, lag leise schnarchend mit geöffnetem Mund da und zuckte ganz leicht in ihrem Traum.

*

Lieber Vater!
Ob ich diesen Brief je abschicken werde, ist ungewiss. Wahrscheinlich verbrenne ich ihn.

Das war ja wohl das krasseste Telefongespräch meines Lebens. Eben hat Nadjas Was-auch-immer, also der neue Freund ihrer Mutter, angerufen und gefragt, ob Nadja hier sei. Ich habe gelacht und gesagt, da sei er leider an der falschen Adresse. Ich wäre sicher der Letzte, bei dem er seine Nadja erreichen könne. Dann hat er gemeint, dass ihn das wundert, weil Nadja eigentlich immer nur von zwei »Freunden«!!!!! erzählt, nämlich von einem Benny und einem Deniz, und auch unsere Telefonnummern stehen ganz groß, mit einem Herz eingekreist, auf dem Telefonbuch.
Krass! Ich musste mich erst einmal setzen. Und dann kam noch heraus, dass sie abgehauen ist und ihre Mutter mit einem halben Nervenzusammenbruch auf der Couch liegt. Ob ich nicht wisse, wo sie sei, denn er selbst wisse ja so wenig über sie und der Rest der Familie sei leider in einem etwas desolaten Zustand und die Polizei wollen sie auf keinen Fall rufen.
Als wir einmal mit unserem Geschichtslehrer im Karlsruher Schlossmuseum bei der Ausstellung über Tutenchamun waren, da bin ich »zufällig« neben Nadja gelaufen, und sie hat mir eine Bank im Schlosspark gezeigt, hat an ihren schwarzen Nägeln gekaut und gesagt: »Hier gehe ich immer hin, wenn ich nicht so gut drauf bin, das ist meine Oma-Bank.« Das fand ich super, dass jemand eine Oma-Bank hat, was immer das bedeutet.
Wir hatten nur ganz kurz so etwas wie ein ernsthaftes Gespräch, aber dann ist sie wieder in ihre rotzige Art abgekippt und hat schrill gelacht und mit den Fingern auf eine Gruppe abgefuckter Chaoten gezeigt, die ihr nicht unähnlich waren, und gesagt: »Und das ist meine

Familie.« Und dann hat sie mir noch ganz stolz die Leute vorgestellt und eine Riesenshow abgezogen, bla, bla. Das war so was von aufgesetzt. Sie hat das wohl auch gemerkt und mich mit diesem Blick angeschaut, der besagen sollte, logisch, dass so ein Streber wie du damit nichts anfangen kann, und dann war ich wieder Luft für sie.

Dumme Zicke!

Ich hätte dem Typ also am liebsten gesagt: Klar weiß ich, wo Ihre Was-auch-immer ist. Da brauchen Sie nur nach Karlsruhe zu fahren, zum Marktplatz oder zum Kronenplatz, und die dort am grauslichsten aussieht und das Maul am weitesten aufreißt und die größte Show abzieht, das ist dann mit großer Wahrscheinlichkeit Ihre Was-auch-immer.

Aber er hat so besorgt geklungen und schien wirklich Angst um sie zu haben, dass ich nur gesagt habe:

»Okay, Sie brauchen sich keine Sorgen zu machen. Ich glaube, ich weiß, wo sie ist, und kann mal nach ihr schauen. Unkraut vergeht nicht.«

Aber er hat nicht mal gelacht und nur gesagt: »Vielen Dank, das wäre nett.«

»Hey, das mach ich aber nur, wenn Sie davon keinen Ton verlauten lassen!«, hab ich ihn gewarnt. »Ich bin ja nicht lebensmüde. Außerdem passt Elfriede auf sie auf!«

»Ist sie denn mit einer Freundin unterwegs?« Boah, dieser Typ wusste aber auch gar nichts!

»Nein, Elfriede ist die Ratte!«

»O ja, die Ratte«, stöhnte es am anderen Ende der Leitung. »Wenn Sie das für uns tun könnten und uns Nachricht geben, sobald Sie Nadja wohlbehalten« – er

sagte tatsächlich wohlbehalten und Sie – »gefunden haben …«

Ich habe mich zuerst einmal zu Mama in die Küche gesetzt und ihr beim Arbeiten zugeschaut. Dabei kriege ich immer einen klaren Kopf, weil das so beruhigend ist.

»Vielen Dank für deine Unterstützung, mein Sohn«, hat sie gesagt, »aber mach doch bitte nicht alles auf einmal!« Ich sagte, ich muss noch mal weg, da hat sie mich mit ihrem großen Stirnrunzeln angeschaut und gefragt, ob auch alles in Ordnung sei. Ich habe genickt. Dann hat sie auch genickt. Da ist sie echt große Klasse, man kann mit ihr ohne Worte reden.

Auf bessere Zeiten!

Dein Deniz

*

Party

Ich machte mir nichts vor. Ich war nicht die Erste, die von zu Hause rausgeschmissen worden war, und nicht die Letzte. Ich stöpselte mir die Headphones meines mp3-Players ins Ohr und setzte mein Pokerface auf, ließ mir den Kopf mit Heavy Metal voll dröhnen und fuhr mit Elfriede zurück an den Marktplatz.

Die Punker-Clique würde sicher ein Plätzchen für mich haben. Ich musste mich damit abfinden, dass ich von jetzt an ein Straßenkind war.

Ich stieg aus und schaute mich suchend um. Aha, nur die kleine Besetzung.

Der Marktplatz war wie ausgestorben. Natürlich war jeder vernünftige Mensch heute im Schwimmbad. Nur Siddy und Erwin saßen gedankenverloren auf der Bank, Ellenbogen auf den Knien und das Kinn in der Handfläche, schüttelten hin und wieder den Kopf und starrten den Straßenbahnen nach.

Ich nahm stöhnend meinen Rucksack von der Schulter und versuchte, mir mit meinem T-Shirt Luft zuzufächeln. Meinen kleinen Haushalt verstaute ich sorgfältig unter der Bank.

»Hi! Puh, ganz schön heiß!«, sagte ich.

»Ein Loch, ein riesiges Loch«, sagte Siddy und schüttelte den Kopf.

»Ja, und die vielen Bagger.«

»Wenn du dir dieses Riesenloch vorstellst, kannst du glatt depressiv werden. Vielleicht stürzt dann rechts und links alles ein?«

»Schon möglich.«

Allmählich wurde es mir zu bunt. Ich stellte mich vor die beiden hin und wedelte windmühlenartig mit den Armen. »Hey, ihr beiden, aufwachen! Ich bin's, Nadja! Könnt ihr vielleicht von eurem Baggertrip runterkommen und eine alte Freundin begrüßen?«

»Hi, Nadja.«

Siddy hob einen schlaffen Arm zu einem angedeuteten Gruß, Erwin saß immer noch in Denkerpose und brummte Unbestimmtes. Beide starrten vor sich hin.

»Löcher, riesige Löcher.«

Mein lieber Herr Gesangverein! Ganz schön laborgeschädigt, die beiden, flüsterte mir Elfriede ins Ohr.

Ich musste ihr leider Recht geben. Kein guter Start mit meiner neuen Familie.

»Könnt ihr mir vielleicht mal erklären, worum es eigentlich geht?«, fragte ich.

Siddy schob mir eine zerfledderte Ausgabe der Badischen Neuesten Nachrichten hin und tippte wortlos mit dem Zeigefinger auf den Leitartikel im Lokalteil.

Allmählich ging mir auf, wovon die beiden redeten. Ich hatte ganz am Rande mitbekommen, dass die Karlsruher Innenstadt verkehrsberuhigt werden sollte, was bedeutete, dass die Straßenbahnen unterirdisch gelegt werden mussten. Und das bedeutete Löcher oder eher Krater für die Kaiserstraße. Nichts mehr mit Ruhe!

»Die sind nicht laborgeschädigt«, flüsterte ich Elfriede zu. »Die sind politisch!«

Elfriede verschluckte sich, bekam einen Hustenanfall und musste auf den Rücken geklopft werden.

Plötzlich schaute mich Siddy prüfend von der Seite an und sagte: »Habt ihr schon Ferien?«

»Ferien? Warum?«

»Na ja, Rucksack und so! Oder gehst du auf Klassenfahrt?«

»Nein. Ich bin von zu Hause rausgeflogen.«

»Aha!«

»Und jetzt?«

»Jetzt bin ich ein Straßenkind. Obdachlos.« Ich schaute die beiden erwartungsvoll an.

Erwin verschluckte sich an seinem Schluck Bier. Das Verschlucken schien ansteckend zu sein.

Erwin und Siddy sind so genannte Altpunker. Erwin ist mindestens dreißig und hat Faltenkrater in seinem Gesicht. Seine spärlichen, graublonden Haare hat er sich mit einem Haushaltsgummi zu einem vergammelten Zopf am Hinterkopf zusammengebunden. Die Seiten sind abrasiert. Wenn er lacht, was selten genug vorkommt, sieht man, dass er nicht mehr sehr viele Zähne besitzt. Hat er bei einer tierischen Schlägerei verloren.

Siddy ist uralt und Erwins Begleiterin, seit ich denken kann. Sie hat sich den Kopf kahl rasiert und nur einen kleinen Mittelstreifen stehen lassen, den sie sich in wechselnden Farben färbt. Heute war Grasgrün dran oder eher Neongrün. Sie hat verschiedene Kinder von verschiedenen Vätern überall in Deutschland, und irgendwie ist sie, wie sie sagt, mal auf der Straße gelandet. Mehr war aus ihr nicht rauszukriegen.

Außerdem trägt sie ein geiles Messer bei sich, wie es französische Schäfer bei sich tragen, schön gebogen mit Perlmuttgriff. »Wenn mir einer zu nahe kommt, schneide ich dem die Eier ab! Da kannst du Gift drauf nehmen!«, ist ihr ständiger Spruch.

Erwin spuckte auf die Straße und zog mit seinen spitzen Westernstiefeln imaginäre Kreise.

»Kleine«, brummte er vor sich hin, »du hast ja keine Ahnung, was ein Straßenkind ist!«

»Klar, und ob«, schnaubte ich ärgerlich.

Erwin stand auf, beugte sich zu mir hinunter und packte mich an meinem T-Shirt. Er kam mit seinem Gesicht ganz nah an meines heran. Ich konnte seinen Bieratem riechen und sah seine schlechten Zähne.

»Okay, du kannst ein paar Nächte bei uns wohnen, Kleine! Aber du, du hast deine Mutter und Kohle im Hintergrund. Du«, sagte er und stieß mir dabei seinen Zeigefinger in den Brustkorb, »du bist kein Straßenkind.«

Mit einem Seitenblick auf Siddy sagte er: »Hey, Siddy, sollen wir der Kleinen mal Straßenkinder zeigen?«

»Lass sie doch, die ist schon okay. Die hat jetzt genug Sorgen.«

»Ooooh, mir kommen die Tränen!« Er ließ sich auf die

Knie sinken und weinte: »Hat das Straßenkind vielleicht seine EC-Karte vergessen oder sein Handy?« Dann lachte er sich halb tot.

Doch nicht laborgeschädigt, murmelte Elfriede.

Ich wurde rot. Ich *hatte* meine EC-Karte und mein Handy dabei, aber nur vorsichtshalber.

Allmählich dämmerte mir, dass die mich überhaupt nicht ernst nahmen. Niemand nahm mich ernst, und dazu hatte ich noch eine Ratte, die mir bei jeder Gelegenheit in den Rücken fiel.

Ich sprang auf, stellte mich vor die beiden hin und schrie: »Hey, ich kann ja auch gehen! Ich brauch euch nicht, ihr Arschlöcher, ihr Pisser! Ich komme allein zurecht.« Ich kickte die aufgereihten Bierdosen um und schrie die Welt an: »Fickt euch doch, ihr Arschlöcher!«

Ein Passant blieb stehen und brüllte zurück: »Ich hol gleich die Polizei. Das ist ja unerträglich. Hat man nicht mal mehr den Marktplatz für sich.« Erwins Hund fing an zu bellen und wollte mitdiskutieren.

Siddy stand auf und legte den Arm um mich. »Sei nicht gleich eingeschnappt. Das musst du erst noch lernen. Hier wird Klartext geredet. Wer zimperlich ist, kann einpacken.«

Ich setzte mich wieder hin, aber meine Hände zitterten. Der Hund kam und schnüffelte an Elfriede, die, offensichtlich konfliktgeschädigt, die Bank hinunterkletterte, sich unterwarf und in einem völlig lächerlichen Imitationsakt, Schnauze über der Pfote, neben ihn legte.

Erwin und Siddy begannen ihr Lager abzubrechen.

»Zeit, Richtung Heimat zu gehen. Außerdem braucht der Hund Auslauf«, murmelte Siddy.

Erwin legte den Arm um sie und Siddy schob ihre linke Hand in Erwins hintere Jeanstasche. Sie pfiffen nach dem Hund, ich packte Elfriede und zog stinksauer hinter den beiden her. Wo hätte ich auch sonst hingehen sollen?

Wir wanderten langsam Richtung Südstadt. Die Clique hatte in der Marienstraße eine Wohnung unter dem Dach, wo immer mal der eine oder andere wohnte, wenn er nicht auf Wanderschaft oder Jobsuche war. Bei den Wasserspielen an der Kongresshalle machten wir, hitzebedingt erschöpft, Halt, tränkten unser Vieh und hängten die Beine ins Wasser.

Dann schafften wir es gerade so bis zum Brunnen am Vierordtbad, wo Erwin und Siddy Kontaktpflege mit der dortigen Szene betrieben, Bier und Zigaretten austauschten und wo Tetrapaks mit Wein oder was auch immer das sein sollte, die Runde machten.

Elfriede und ich hielten tüchtig mit, als würden wir schon seit Jahrhunderten auf der Straße leben, aber eigentlich fühlte ich mich wie das fünfte Rad am Wagen. Wir schleppten uns von Stützpunkt zu Stützpunkt, schlichen auf der Schattenseite der Werderstraße entlang, bis wir zum geistigen Zentrum der Südstadt kamen.

Der Werderplatz ist ein großer, rechteckiger Platz mit alten Kastanien und Platanen. Hier kannte ich mich aus, hier war ich aufgewachsen, bevor unsere Deutschland-Odyssee begonnen hatte. Südstadtindianer nennt man die

Bewohner dieses Viertels, was jedem ein bisschen Wildheit verleiht, die gut tut.

Der Indianerbrunnen am Ende des Platzes ist aus weißem Stein mit einem riesigen Indianerhaupt in gigantischem Federschmuck, der bis auf die Schulter reicht: Die eine Gesichtshälfte schaut mit stoischem Blick auf die evangelische Johanneskirche und ihren großzügigen Treppenaufgang, auf dem ein buntes Indianervölkchen sozusagen seine Tipis aufgeschlagen und sich mehr oder weniger dem Feuerwasser ergeben hat. Die andere Gesichtshälfte blickt ebenso stoisch auf die Gaststätte der Brauerei Wolf und die tapferen Bleichgesichter, die an ihrem Bier – Werbeslogan: Living on the wild side! – nippten und über das Leben meditierten.

Am Kiosk am Ende des Platzes stand die klare Aufforderung: Knack den Jackpot!

Das Hunderudel des Stammes döste schläfrig vor sich hin, und der Leithund blinzelte gerade einmal mit einem Auge, um zu signalisieren, dass er uns wahrgenommen hatte.

Wir ließen uns, sozusagen zu Hause angekommen, am Fuße des Brunnens nieder und ich wurde mit Elfriede herumgereicht und bestaunt. Ich trank, rauchte und trank, wollte nur noch vergessen und ergab mich dem Gang der Dinge.

Elfriede freute sich an kleinen Müllbergen, sauste begeistert hin und her und machte Ausflüge in diverse Hinterhöfe. *Echt geile Gegend hier.*

Irgendwann nahmen wir dann einen Stellungswechsel

vor und machten uns auf den Weg zu einer Matratzenparty. Mein Zeitgefühl war mir allmählich abhanden gekommen. Ich war schon ziemlich groggy und musste mich die Treppen hochschleppen.

Dann kam noch jemand mit Gras und ich versuchte auch das und Siddy sagte: »Jetzt mach mal halblang, sonst kippst du uns noch um!«

Elfriede biss mir ins Ohr und drohte: *Wenn du nicht sofort aufhörst, hole ich Deniz, dass er dir den Arsch versohlt.*

»Danke, Lassie«, sagte ich, »aber ich bin selber groß und du brauchst mich nicht zu retten.«

Und dann kippte ich tatsächlich um, verfiel in einen Halbschlaf, wachte nach wirren Träumen immer wieder auf und sah die Streifenmuster an der Decke, die sich zu drehen begannen wie eine Diskokugel. Es war gleichgültig, ob ich den Kopf hob oder senkte, jedes Mal entglitt mir die Welt. Ich legte mich ganz flach auf den Boden und vermied jede Bewegung, hatte allerdings nicht bedacht, dass man, obwohl man flach auf dem Boden liegt, noch immer den Boden unter den Füßen verlieren kann. Ich fiel ins Leere, mir war sterbenselend und ich musste mich übergeben. Das heißt, ich habe mir die Seele aus dem Leib gekotzt.

Elfriede saß angewidert auf der Matratze. *Das ist ja ekelhaft. Ich habe es dir ja gleich gesagt. Kaum stehst du fünf Minuten auf eigenen Beinen, kippst du schon um.*

Ich versuchte mich aufzusetzen und lehnte den Kopf an die Wand.

»Vielen Dank, Elfriede!«, stöhnte ich. »Ich weiß deine

Hilfe zu schätzen. Du brauchst auch nie zu befürchten, dass dir einmal Flügel wachsen. Allenfalls Haare auf den Zähnen.«

Ich schaute mich im Zimmer um. Die Jalousien waren herabgelassen, so dass gestreiftes Licht hereinfiel. Überall Matratzen, ein großer Schreibtisch mit Stapeln von Büchern darauf und die traurigen Reste der Fete, Flaschen, Gläser, Tetrapaks und unzählige Aschenbecher. An der Wand ein Riesenposter von Kurt Cobain.

Vom Hinsehen wurde mir schon wieder schlecht. Auch der Geruch nach abgestandener Asche war in meinem Zustand nicht zu ertragen und versetzte meinen Magen in erneuten Aufruhr.

»Ich muss hier raus«, murmelte ich, stand auf und suchte Bad oder Küche.

In der Wohnung war es total ruhig. Meine neue Familie lag wohl noch im Komaschlaf. Ach ja, einen Putzlappen, ich wollte meinen Morgengruß beseitigen. Man weiß ja schließlich, was sich gehört.

Man kann sich vorstellen, dass diese Aktion den letzen Rest meiner Kraftreserven aufbrauchte. Elfriede wuselte dazu noch dauernd hin und her und begleitete die ganze Aktion mit so hilfreichen Kommentaren wie *Ihgitt! Pfui* oder *Bäh!*.

Ich setzte mich dann erst mal auf einen Küchenstuhl. Es war ja wohl klar, dass meine neue Familie mich nicht sehr vermissen würde. Ich schrieb ihnen mit großen Lettern quer auf eine alte Zeitung eine verkürzte Version aus meinem Lieblingslied von den Toten Hosen:

Die Zeit mit euch war wunderschön
es ist jetzt Zeit für uns zu gehn
wir können keine Tränen sehn
schönen Gruß und auf Wiedersehen!
Nadja und ###

»Und was machen wir jetzt, Elfriede?«, fragte ich ratlos. Die hielt sich die Nase zu und meinte: *Wie wäre es mit frischer Luft? Außerdem könnte ich ein Fischbrötchen gebrauchen.*

»O nein! Bitte, Elfriede, red nicht vom Essen!« Ich fühlte in der Ferne meines Hinterkopfes und meines Magens neue Elendswellen heranrollen, die mich bald brecherartig überfallen würden. »Und sei so gut und sei heute ganz, ganz lieb und nett zu mir«, flüsterte ich leise, denn alles Laute war mir ein Graus und versenkte mich in neue Abgründe. Ich schaute sie eindringlich an. »Ich habe nämlich sonst niemanden, verstehst du. Ich bin völlig allein auf der Welt.«

Elfriede kam und kuschelte sich total lieb an meinen Hals und knabberte zärtlich an meinem Ohr. *Selber schuld,* flüsterte sie.

Darf es wahr sein, dass einen die Worte einer miesen, kleinen Ratte zum Heulen bringen!?

*

Hi! (den Brief kriegst du garantiert nicht)!
Natürlich war sie da. Ich hab sie zwar erst gegen
Abend gefunden. In der Südstadt. Am Indianer-

brunnen. Nein, sie hat mich nicht bemerkt, dazu war sie schon viel zu besoffen.
Elfriede passt auf sie auf und die Punker wohl auch. Da ist ein Pärchen, das etwas für Nadja übrig hat, besonders die Frau. Der Mann hat mich nur schräg angeschaut und gefragt: »Bist du der Bruder und willst das Wohlstandsgör nach Hause holen?«
Ich hab gesagt: »Nein, ich bin nur ein Schulfreund, der zufällig vorbeigekommen ist. Von mir aus kann die Frau Tag und Nacht Komasaufen veranstalten. Sie ist sowieso eine Nervensäge.« Dann bin ich abgehauen. Ich habe die Schnauze so voll! Ich hab noch den Typen angerufen und ihm gesagt, dass er sich keine Sorgen zu machen braucht, die ist bei Freunden. Nein, Sie holen sie dort besser nicht ab, die kommt schon wieder, wenn sie was braucht.
Ich bin nur noch sauer und enttäuscht. Außerdem ist sie jetzt völlig durchgeknallt. Sie hat nicht nur ihren Rucksack und ihren Schlafsack bei dieser Affenhitze mit sich rumgetragen, sondern auch einen großen Spankorb mit Gartenschaufel, Rechen und Steinpolitur. Die spinnt doch, die Frau!
Deniz

*

Heimatlos

Ich nahm also mal wieder meinen Korb und setzte Elfriede hinein. Nie mehr würde ich mit ihr reden. Ich schnappte meinen Rucksack und ließ ihn die ganzen fünf Stockwerke hinter mir herschleifen. Wenn ich ihn aufgesetzt hätte, wäre ich umgefallen.

Ich ließ mir allen Ernstes durch den Kopf gehen, ob ich mir im Supermarkt für einen Euro einen Einkaufswagen klauen sollte. Ich könnte mein Zeug darin verstauen und mich daran festhalten. Zum ersten Mal verstand ich die alten Obdachlosenopis und -omis, die mit so einem Ding in der Gegend rumkutschierten. Ab einem gewissen Stadium braucht der Mensch etwas zum Festhalten.

Ich zog die Haustür hinter mir zu und stand nun am frühen Morgen um sechs Uhr in der Marienstraße mit meinem Rucksack plus meinem Schlafsack und einem Spankorb mit Hacke und Gartenschere, einer EC-Karte und einer unverschämten Ratte.

Na toll!

Ich ging auf kürzestem Wege Richtung Schlosspark. Dort würde ich mir eine Bank suchen und mich ausschlafen. In der Nacht hatte es ein Gewitter gegeben und die Straße dampfte. Die Luft war feucht und schwül, und obwohl es noch früh am Morgen war, klebten mir die Kleider schon wieder am Leib. Ein Königreich für eine Dusche. Wir überquerten die Baumeisterstraße und gingen in den Park beim Theater. Es roch nach Erde und Rosen, und Elfriede und ich hörten mit Wohlgefallen das Plätschern der Brunnen.

Welch gnädiger Mensch hatte dafür gesorgt, dass es in dieser Stadt überall Brunnen und Springbrunnen gab? Ich war ihm ewig dankbar. Wahrscheinlich hatte der Typ in der Pyramide diesen Kult eingeführt. Ich wusch mich erst einmal, so gut es ging. Die ersten Frühaufsteher/Spätheimkehrer und Zeitungsausträger waren schon unterwegs oder schon wieder auf dem Heimweg. Diskrete Leute. Keiner beachtete uns. Gott sei Dank!

»Komm, Elfriede, das letzte Stück fahren wir schwarz!« An der Haltestelle »Post« setzten wir uns in die Straßenbahn und ließen uns eine Station weiter fahren. Ich lehnte den Kopf an die Scheibe und starrte hinaus. Es wäre mir gerade recht gewesen, wenn uns jemand erwischt hätte. Dann hätte ich mir keine Gedanken mehr machen müssen, wohin ich gehen sollte.

Am Marktplatz stiegen wir aus und wie gehabt setzte ich mich an die Pyramide oder lehnte mich vielmehr an sie und klopfte mit meiner Hand auf den warmen, noch feuchten roten Sandstein.

»Du hast es gut, Alter«, murmelte ich, »hast die ganze Scheiße schon hinter dir.«

Es war mir klar, dass ich mich eigentlich nur im Kreis gedreht hatte. Ich war wahrhaftig viel in der Welt herumgekommen: einmal Marktplatz und zurück, mit einem kleinen Adventure-Trip zum Friedhof. Toll!

Wenn du abhaust, hast du nämlich ein Riesenproblem. Du stehst da mit deinem Bündel voller Wut und bist bereit, die Welt zu erobern und es allen zu zeigen.

Nur, wohin sollst du gehen?

Als Mädchen bist du allemal am Arsch. Denn wenn du auf der Straße übernachtest, ist es noch das Harmloseste, wenn dir einer an die Titten langt und du ihm dann in die Eier trittst. Deine Freundinnen und Freunde wollen mit so einem Fall wie dir meistens auch nichts zu tun haben und deren Eltern gleich gar nicht. Manche Freaks sind vielleicht bereit, dich aufzunehmen, weil sie nicht ganz herzlos dastehen wollen, aber richtig dazugehören tust du zu denen auch nicht, und mit Handy und EC-Karte bist du in diesen Kreisen ja sowieso ein Außenseiter. Wenn du keine Oma und keinen Opa mehr hast, die dich aufnehmen oder dir den Schlüssel zu einer alten Schrebergartenhütte geben, weil sie verstehen, dass du in so einer Familie nicht mehr leben kannst, bist du echt arm dran.

Du kannst natürlich noch die Nummer am Bahnhof mit dem verpassten Zug versuchen. – Das tut uns aber Leid. Zeigen Sie uns doch bitte mal Ihr Zugticket. Oh, das haben Sie leider verloren. Und Ihren Ausweis? Aha, du bist erst fünfzehn! Also, wo wohnst du? Auf geht's! Wir bringen dich nach Hause!

Bei so viel Auswahl weiß man gar nicht, womit man zuerst anfangen soll. So war also die Lage.

Die ersten Marktfrauen und Blumenverkäufer hatten

begonnen, ihre Waren unter den rot-weiß gestreiften Markisen aufzubauen, und die Straßenbahnen spuckten am laufenden Band geschäftig aussehende, arbeitswillige Menschen mit Aktentaschen und nach vorne gerichtetem Blick aus, die natürlich alle einen festen Platz im Leben hatten und wussten, wo sie hingehörten. Widerlich!

Es wurde unerträglich laut und das Gequietsche, Bremsen und Klingeln der Straßenbahnen begann an meinen Nerven zu zerren. In meinem Hirn sammelten sich schon wieder neue Elendswellen. Es wurde Zeit, das Feld zu räumen.

Elfriede hatte sich unauffällig unter die Bänke verzogen und suchte in friedlicher Übereinkunft mit den Marktplatztauben nach Überresten des vergangenen Tages. Ihr war wohl klar geworden, dass sie von mir kein Fischbrötchen erwarten durfte. Ich packte meine Sachen und schleppte mich in den Schlosspark, Elfriede am Straßenrand immer unauffällig hinter mir her.

*

Hi Dad,
diesen Brief wirst du Gott sei Dank auch nie bekommen.
Kennst du das: Schlaflose Nächte, in denen man sich im Bett herumwälzt und auf jemanden eine Riesenwut hat und sich gleichzeitig!!! Sorgen macht und sich vorstellt, wie diese Person wohl wäre, wenn sie sich selber wäre und neben einem im Bett läge und einen ganz toll fände? Oder sich überlegt, ob sie eben so ist,

wie sie ist? Aus dieser Endlosschleife bin ich gestern Nacht nicht mehr herausgekommen.
Ich lese gerade noch einmal durch, was ich da geschrieben habe, und fürchte, dass ich mich nur schwer verständlich mache. Aber was soll's? Du kriegst den Brief ja sowieso nie oder erst, wenn das alles vorbei ist. Oder ich verbrenne ihn. Wir haben vor den Ferien in der Schule über die reinigende Funktion von Ritualen gesprochen.
Bin ich eigentlich normal, wenn mir Komasaufen keinen Spaß macht? Mir wird nur schlecht dabei. Außerdem hab ich ganz gerne einen klaren Verstand. Hast du früher gesoffen bis zum Umfallen, als du jung warst? Ich habe diesem Typen ja versprochen, dass ich mal nach ihr schaue. Wenn ihr was passiert, was bei dieser Chaotin nicht auszuschließen ist, mache ich mir echt Vorwürfe. Andererseits denke ich, dass es ihr gut täte, einmal so richtig auf die Schnauze zu fallen. Würde ihr und mir gut tun!
Mama hat drei Wochen Urlaub. Wir frühstücken jetzt erst einmal zusammen und dann mache ich mich auf den Weg und klappere Nadjas Stammplätze ab. Wie ich mit ihr ein Gespräch anfangen soll, ist mir allerdings schleierhaft.
Deniz

*

Kleine Fluchten

Der Karlsruher Schlosspark ist früher einmal dem französischen Vorbild von Versailles nachempfunden worden: ein barocker Park mit abgezirkelten Beeten, Blumenrabatten und antiken Statuen. Damals hat man sich an lustigen Versteckspielen, Konzerten und Schäferspielchen erfreut. Was jetzt noch davon übrig ist, ist nur ein schrecklicher Abklatsch, sagt meine Mutter. Du musst dir mal Ludwigsburg anschauen oder Schwetzingen! Ich find meinen Schlosspark trotzdem toll!

Mein Gott, meine Mutter! Musste die mich denn überallhin verfolgen?

Rechts und links des Weges, der schnurgerade auf das Schloss zuführt, breiten sich buchsbaumgesäumte Rasenstücke aus. Es stehen auch noch ein paar antike Statuen herum und wunderschöne alte Bäume mit meiner Lieblingsbank: zwei Holzplatten, die auf einem grünen, verschnörkelten gusseisernen Sockel liegen. Die Lehne befindet sich nicht in Rückenhöhe, sondern in Kopfhöhe, was gewöhnungsbedürftig ist.

In diesem Teil des Parks war es wunderbar ruhig und die Vögel zwitscherten. Hier war ich als ganz kleines Kind mit meiner Oma spazieren gegangen.

Auf einer Nachbarbank lag schon ein Berbergenosse, der wohl an diesem Plätzchen die Nacht verbracht und sich zum Schutz gegen allerlei Unbill eine alte Ausgabe der Badischen Neuesten Nachrichten über den Kopf gelegt hatte. Ich probierte verschiedene Sitzstellungen aus, die alle gleich entsetzlich waren, legte mich dann vorsichtig bäuchlings auf die Bank, schloss die Augen und Erinnerungen tauchten auf: Ich muss wohl vier oder fünf Jahre alt gewesen sein. Meine Oma hatte mich auf die Bank gesetzt und mir einen Apfel gegeben und, vom Leben erschöpft, wie ich wohl damals schon war, wollte ich mich anlehnen und kippte mangels Rückenlehne nach hinten ab.

Rumpel di pumpel, weg war der Kumpel.

Großes Geschrei und Loch im Kopf, wie man so schön unspezifisch für eine Platzwunde am Kopf sagt. Ich kann mich daran nicht erinnern, aber die Geschichte wurde mir immer wieder erzählt und hat bei meiner Oma jedes Mal zu Lachanfällen geführt. Kurz nachdem mein kleiner Bruder geboren worden war, gab's nämlich mal wieder eine Oma-Phase. Denn der damalige Typ meiner Mutter wollte nicht mit drei!!! kleinen Kindern in Urlaub fahren. Sie nahmen die ruhige Heike mit, und Baby-Steffen und ich blieben bei unserer Oma.

Ich war damals wahnsinnig eifersüchtig auf diesen kleinen Bruder und biss meine Oma jedes Mal in den Oberschenkel, wenn sie Steffen die Flasche gab. Ich wollte auch wieder Baby sein. Meine Oma legte uns zusammen ins Gitterbettchen, und ich bekam das volle Babyprogramm mit Flasche und Schnuller, außer Wickeln natürlich.

Das war eine gute Zeit. Noch einmal wie ein Baby versorgt zu werden und es bewusst zu genießen. Ich glaube, sie hat damals sogar Steffen auf den Arm genommen und mich in den Kinderwagen gelegt. Daran erinnere ich mich noch genau. Wenn ich mal Kinder habe, mache ich das genauso!

Ein leichter Wind wehte. Elfriede hatte es sich auf meinem Rücken bequem gemacht, hatte sich eingerollt und schlief. Im Hintergrund hatte sich die tägliche Boule-Runde zu ihrem ersten Spiel versammelt. Ich hörte die Kugeln aneinander klacken und gleich darauf ein lang gezogenes kollektives Murren der Enttäuschung oder einen kurzen Triumphschrei. Ich fiel in einen unruhigen Schlaf, immer wieder aufgeschreckt durch die Glocke des Schlossturmes, die jede volle Stunde schlug. Elf Uhr, registrierte ich im Dämmerschlaf. Ich dachte nach, wie die Zeit vergeht, legte das Problem zu den Akten und driftete wieder ab.

Plötzlich spürte ich, wie Elfriedes Körper sich spannte, wie sie die Schnauze hob und in die Luft schnüffelte. Dann hörte auch ich die knirschenden Schritte im Kies. Elfriede fiepte. Ich blinzelte: ein Paar Hosenbeine, alte Jeans, lange Beine, die ich unter hunderten heraus erkennen würde! Beherzter Absprung Elfriedes in Richtung Hosenbeine.

»Ja, meine süße, kleine Maus! Da bist du ja! Wie geht es dir denn?«, sagte eine vertraute Stimme, mich natürlich völlig ignorierend.

Fiep, fiep!

»Aha! Hat dich meine Mutter geschickt?«, knurrte ich ihn an, ohne aufzusehen.

»Ne, die weiß gar nicht, dass ich hier bin. Ihr neuer Typ hat mich angerufen, ob du bei mir bist. Er hat mir erzählt, dass du abgehauen bist, und dann habe ich dich gesucht. Tja, man sorgt sich eben um eine liebe Klassenkameradin!«

»Danke, ich hab schon eine Ratte, die mich retten will und denkt, sie sei ein Fernsehhund. Ich brauch nicht noch einen Heiligen.«

Er ging gar nicht auf meine Bemerkung ein, schob meine Beine zur Seite, legte sie dann aber nach längerem Hin-und-her-Probieren kurzerhand auf seinen Schoß. »Ich hab dir Mineralwasser mitgebracht.«

Bauchlage und meine Beine so nahe bei Deniz, dass ich seine Wärme spüren konnte, war zu viel für mein labiles Gleichgewicht. Ich setzte mich heftig auf, fühlte Elendswellen heranrollen, sah Erdspalten sich öffnen.

»O Gott, o Gott, ist mir schlecht!«

Deniz schaute mitleidlos zu mir herunter, trank einen Schluck aus meiner Mineralwasserflasche und sagte: »Du bist ja auch so was von bescheuert, so was von total bescheuert«, und tippte sich mit eindeutiger Geste an die Stirn.

»Wenn du gekommen bist, um mich hier zu beschimpfen, kannst du gleich wieder gehen«, motzte ich ihn an. »Ich habe dich nicht gerufen, ich brauche niemanden und so einen Klugscheißer wie dich am allerwenigsten! Verpiss dich!«

Ich richtete mich mühsam und möglichst ohne Erschütterung auf, setzte mich kerzengerade hin. Es war mir klar, dass das Ausruhen nun ein Ende hatte, dabei war ich so müde. Eigentlich hatte ich überhaupt keine Lust, mich mit irgendjemandem zu streiten.

Ich hörte das euphorische Jubeln der Boule-Clique. Die ersten tapferen Museumsbesucher wanderten Richtung Schloss, um sich in die geheimnisvolle Welt Tutenchamuns zu begeben.

Vielleicht sollte ich da mal mit Elfriede hin. Vielleicht bekämen wir ja neue Anregungen für unser zukünftiges Begräbnis. Wahrscheinlich hatte ich sowieso keine sehr hohe Lebenserwartung. Bei einem solchen Leben mit diesem Stress und in diesem Tempo würde ich eines Tages einfach tot umfallen vor Erschöpfung.

Mütter mit Kinderwagen und vereinzelte Hundebesitzer schienen sich an dem frühen Morgen zu erfreuen und hatten offensichtlich ein geregeltes Leben. Beneidenswert! Ich linste zu Deniz hinüber, der ganz entspannt seine Beine von sich gestreckt hatte und mit der linken Hand Elfriede streichelte, die sang- und klanglos das Lager gewechselt hatte. Er beobachtete die Boule-Spieler, als ob er dafür bezahlt würde.

Wütend drehte ich mich zu ihm um und fragte: »Kannst du mir eigentlich sagen, warum immer alle auf mir herumhacken, warum mich immer alle anmeckern müssen?«

Deniz reichte mir die Mineralwasserflasche, in der sich inzwischen nur noch ein spärlicher Rest befand, lächelte diese Andeutung von Lächeln, das dieses unwiderstehliche Grübchen in seinem Gesicht produzierte, setzte mir Elfriede auf die Schulter und gab zu bedenken: »Müsste die Frage nicht andersherum gestellt werden? Warum stresst du eigentlich andauernd alle anderen? Wer«, und nun stand er auch noch auf, ließ meine Beine unsanft auf die Bank fallen, um mit weitläufigen Gesten seine Rede zu unterstreichen, »wer, wenn nicht du, meckert den Rest der Welt ständig an? Und der Rest der Welt, diese bescheuerten Typen, lassen sich das auch noch gefallen!«

Genau!, kommentierte Elfriede.

Deniz lief nun in kleinen Kreisen um die Bank herum, unterbrach immer wieder seinen Rundgang, um vor mir stehen zu bleiben und mich mit einer neuen Kanonade zu überschütten: »Die große, unanfechtbare, obercoole Nadja! Jeden, der freundlich zu dir ist, stößt du vor den Kopf. Deine ganze Familie schleicht vorsichtig um dich rum, um ja Madame Nadja-Baby nicht zu verärgern. Auch in der Klasse haben alle Schiss vor dir und schleimen um dich rum. Und ich«, dabei schlug er sich wieder mit der rechten Faust gegen seine linke Handfläche, »ich bin das größte Arschloch, weil ich noch so blöd bin, hierher zu kommen. Weißt du, was du bist? Eine hohle Nuss bist du. Eine eingebildete, verwöhnte, hohle Nuss!«

Dann setzte er sich.

Ich fixierte meinen Blick auf die Statue, die das untere Ende des Parks beschützte, und auf Herkules, der, die Keule in der Luft schwingend, bereit ist, jedem eins über die Rübe zu ziehen, der sich ihm widersetzt.

»Weißt du, dass ich als kleines Kind mal rückwärts von dieser Bank gefallen bin und ein Loch im Kopf hatte?«

Deniz warf mir einen etwas zweifelnden und fragenden Blick zu und murmelte: »Das könnte ja manches erklären.«

Und dann erzählte ich ihm alles, was mir gerade einfiel. Von meiner Oma, von Steffen, von den Weltraumeskapaden meiner Mutter, von Robert, dem Guten, von Georg, dem Umweltbewussten, und Jan, dem Trinker, von dem ewigen Streit mit meiner Mutter, von meinem geplanten Pyramidenbegräbnis und von den Schutzengeln auf dem Friedhof.

Meinen gerade zurückliegenden Flop mit der Punker-Clique unterschlug ich wohlweislich. Er musste nicht alles wissen. Bestimmte Tiefpunkte im Leben behält man lieber für sich. Deniz hörte mir zu, ohne mich zu unterbrechen, und nuckelte nachdenklich an meiner Mineralwasserflasche.

Die Sonne hatte mittlerweile ihren Höchststand erreicht und es war unerträglich heiß geworden. Der gute Tutenchamun hätte sich hier absolut zu Hause gefühlt, und wenn er dann noch die Pyramide auf dem Marktplatz entdeckt hätte, dann hätte er wohlwollend mit seinem schlanken, lang gezogenen Kopf genickt und gesagt: »Ein nettes Städtchen ist das hier! Nur schade, dass es nicht am Nil liegt.«

Der Schlosspark hatte sich nun mit einem bunten, Schatten suchenden Völkchen gefüllt. Am Brunnen in der Mitte des Parks hatte sich eine Badeorgie entwickelt, und lautes Kindergekreische hallte herüber, das mir im Kopf wehtat.

»Wie wär's mal mit einem Stellungswechsel? Hättest du Lust auf ein Eis oder sollen wir uns einfach in den Wald verziehen? Da ist es vielleicht *etwas* kühler und nicht so voll!«, schlug Deniz vor.

Der Gedanke an Eis verursachte mir Übelkeit und ich verzog angewidert das Gesicht. »Deniz, wie wär's, wenn du dich erbarmen würdest und uns irgendwoher viele große Flaschen Mineralwasser organisierst? Ich kann noch nicht unter Menschen gehen. Ich warte hier mit Elfriede auf dich. Bitte, wär echt nett«, fügte ich noch hinzu.

»Okay, gute Idee. Bin gleich wieder da.« Und er trabte davon.

Rückzug

Weißt du eigentlich, was für ein Glück du hast?

Glück!

Ich starrte auf den Boden, zeichnete mit meinen Füßen Kreise in den Kies und war fassungslos über mich selbst. Das hatte ich in meinem Leben noch keinem einzigen Menschen erzählt. Außer Deniz. Einerseits fühlte ich mich ungeheuer leicht, als wäre eine große Wut von mir genommen worden, andererseits fühlte ich aber eine neue Wut in mir aufsteigen.

Ich hatte mir vorgenommen, nie wieder einen Menschen nahe an mich herankommen zu lassen und mein Herz an jemanden zu verlieren. Denn wenn du das tust, fällst du in eines dieser Löcher, wenn er dich dann wie alle anderen hängen lässt und aus natürlich gut erklärbaren Gründen die Fliege macht. Ich hatte das zur Genüge erlebt. Zumindest bei mir war das so gewesen. Du hast dich mit jemand befreundet, und eh du dich versahst, war entweder der/die oder du umgezogen, abgedüst oder der/die hatte sich anderweitig orientiert oder war, warum auch immer, auf Wanderschaft gegangen. Gar nicht böswillig oder so, aber eben weg. Abhanden gekommen, wie unser kleiner Cocker, dessen Halsband ich nun trug.

Und nun hatte ich all das in meinem Nachrausch und in absoluter Verblendung Deniz erzählt. War ich von Sinnen gewesen?

Außerdem hatte mir Deniz ein paar Sachen gesagt, die ganz schön unverschämt gewesen waren und über die ich erst einmal nachdenken musste. Wenn man einen bestimmten Weg eingeschlagen hat, kann man ja nicht mehr zurück, aber man kann wenigstens die Notbremse ziehen.

Die Glocke schlug zwei Uhr. Die Boulespieler hatten sich zum Mittagessen verzogen und mein Berbernachbar hatte sich schon lange vorher vom Acker gemacht.

»Komm, Elfriede, wir gehen!«

Ich stand auf, packte meine Sachen zusammen und setzte Elfriede auf meine Schulter.

Du bist verrückt. Ich habe gewusst, dass du verrückt bist und dumm, strohdumm. Du bist eine Verräterin!

»Sei still! Du hast ja keine Ahnung! Außerdem, wenn ich wählen kann, bin ich lieber Verräterin als Verratene, hast du verstanden? Und übrigens kannst du ja abhauen, wenn es dir nicht passt.« Ich nahm sie von der Schulter, schaute sie an und streichelte ihr über ihr warmes, seidiges Fell. »Aber das wäre nicht sehr nett von dir, schließlich bist du mir ja zugeteilt.«

Als ich das sagte, schaute ich mir sozusagen selbst über die Schulter. Ich war richtig empfindlich geworden und begann schon, Deniz zu vermissen. Der Anti-Coolness-Virus hatte mich bereits am Wickel. Zeit, den Abgang zu machen.

»Komm, wir gehen in den Botanischen Garten. Ich zeig dir die Schildkröten und die geilen meterhohen Kakteen.«

Wir zogen ab, schlenderten provozierend langsam am Bundesverfassungsgericht vorbei, das seit den Terroranschlägen in den siebziger Jahren scharf bewacht wurde. Die Bullen äugten skeptisch zu mir herüber und ich grüßte lässig mit dem Victory-Zeichen. Wir liefen an der Kunsthalle entlang bis zum runden Karpfenteich, in den zwei tapfere, steinerne Majolikajünglinge seit Jahrzehnten unverdrossen Wasser aus einem Krug in den Teich schütten.

Ich hatte Elfriede im Spankorb versteckt, weil ich nicht wollte, dass die hysterischen jungen Mütter am Karpfenteich eine Szene machten oder Elfriede, um sich an mir zu rächen, in den Karpfenteich sprang, um eines dieser tierisch fetten Teile zu erschrecken und auf eine Schlagzeile in den Badischen Neuesten Nachrichten zu hoffen:

Killerratte frisst Karpfen
Nur durch den Einsatz einer beherzten Karlsruher Hausfrau, die Zivilcourage bewies, konnte ein größeres Massaker im Botanischen Garten vermieden werden.

Ich betrat das Gebäude und löste an der Kasse eine Karte für die Gewächshäuser. Der Student in seiner kleinen Kabine beäugte mich neugierig.

Im Gewächshaus atmete ich tief ein. Ich liebe diese Luft. Warm, etwas schwül und nach feuchter Erde riechend. Wenn man auf der weißen Bank die Augen schließt, kann man sich vorstellen, im Urwald zu sein. My name is Jane.

In einem großen Käfig sitzt ein Papageienpaar, das die Illusion perfekt macht und wilde, unartikulierte Schreie ausstößt.

Der Studentenaufpasser schaute immer wieder zu mir herein, als wollte er prüfen, ob alle seine Kakteen noch da sind. Das ging mir allmählich ziemlich auf den Geist. Als er wieder einmal vorsichtig um die Ecke lugte, schrie ich ihn an: »Hey, keine Sorge! Ich fresse Ihre Kakteen nicht, ich fresse nur kleine Kinder.«

Danach ließ er sich nicht mehr blicken. Vielleicht hatte er Angst, dass ich ihn fresse.

Ich ging zu den Schildkröten, holte Elfriede aus dem Korb und sagte versöhnlich: »Schau, da sind sie, die süßen Kleinen. Sei froh, dass du keine Schildkröte geworden bist! Immer einen Panzer mit sich rumschleppen und alte Salatköpfe fressen.«

Elfriede antwortete nicht. Sie redete nicht mehr mit mir und drehte mir provozierend den Rücken zu.

Wir liefen zum nächsten Gewächshaus, in dem es nur Orchideen gab. Auch hier ein Brunnen, seit Jahrzehnten gefüllt von einer melancholischen nackten Lady aus Ton, die versonnen in die unergründlichen Tiefen des Wassers blickt. Ich schaute auf die wunderschönen Orchideen, die vor mir in üppiger Blüte standen. Orchideen sind Schmarotzerpflanzen. Wer hatte das noch einmal gesagt? Mir fiel die Szene mit Benny und Deniz ein, als wir uns wegen der Englischarbeit in die Haare gekriegt hatten.

Ich ließ mich auf der Steinbank nieder und versuchte, gegen die Müdigkeit anzugehen. Die lange Nacht forderte ihren Tribut. Meine Augen fielen zu und wirre Gedanken geisterten mir durch den Kopf: »Hey, Nadja, tröste dich, die Schmarotzerpflanze überlebt und der Wirt geht kläglich zugrunde. Biologie Klasse sieben.« Ich schlief ein.

Jemand rüttelte mich an der Schulter. Ich blinzelte. Der Studentenaufpasser stand vor mir. »Es ist siebzehn Uhr. Wir schließen jetzt! Sie können hier nicht übernachten. Würden Sie bitte aufstehen und gehen?«, sagte er und hantierte nervös mit seinem Schlüssel.

Wortlos packte ich meine Siebensachen. Wenn mich jemand kurz nach dem Aufwachen erwischt oder, so wie hier, aus dem Schlaf reißt, dem bin ich hilflos ausgeliefert. Ich brauche nämlich immer tierisch lang, bis ich wieder Power habe.

Also folgte ich dem Typ bedingungslos nach draußen, stand plötzlich vor der Tür mit meinem Rucksack … Ein richtiges Deja-vu-Erlebnis, soll heißen, das kennen wir doch, das haben wir doch schon mal erlebt.

Und wo sollte ich nur die Nacht verbringen?

Ich entschloss mich, nach Hause zu fahren – was auch immer das bedeutete. Ich hatte die Schnauze voll vom Leben auf der Straße.

»So, Elfriede, wir fahren heim. Bist du jetzt zufrieden?« Aber niemand antwortete.

Ich kaufte mir beim Aldi ein Sixpack Cola und stieg an der Hauptpost, die jetzt Europaplatz heißt und auch gar keine richtige Post mehr ist, sondern Shopping Mall, in die S-Bahn.

Lieber Deniz,
ich mache mir ernsthafte Sorgen um dich. Wir hatten in der letzten Zeit doch regelmäßigen Briefkontakt und plötzlich schreibst du nicht mehr. Habe ich irgendetwas geschrieben, das dich verletzt hat? Oder geht es dir so gut, dass du nicht mehr zum Schreiben kommst? Das wäre natürlich die schönste Variante. Aber einfach nicht zu antworten, das bin ich nicht von dir gewohnt! Du weißt, die Phantasieszenarien, die man sich in der Ferne aufbaut, sind die schlimmsten. Bitte antworte mir umgehend!
Ich habe deiner Mutter geschrieben und gefragt, ob sie es nicht doch möglich machen könnte, dass ihr kommt. Geld ist kein Problem, es gibt immer billige Last-Minute-Flüge. Besprich es doch einmal mit ihr. Ich habe den Eindruck, dass dir etwas Distanz von deinem Alltagsleben gut täte!
Dein Vater

*

Lieber Vater!
Sorry, dass ich so lange nichts von mir hab hören lassen, aber in der letzten Zeit ist eine ganze Menge passiert!!!
Ich habe dir immer wieder geschrieben, aber die Briefe liegen noch auf meinem Schreibtisch. Ich habe sie nicht abgeschickt, weil mein Leben im Moment ein bisschen drunter und drüber geht und ich Angst hatte, dass dieses wirre Zeug, das mir zur Zeit durch den Kopf schwirrt, dir nur unnötig Sorgen macht.
Aber heute Mittag haben sich die Dinge geklärt. Es ist

nun endgültig aus mit Nadja. Sie hat mich nach Strich und Faden verarscht. Aber nichts mehr darüber. Jedes weitere Wort wäre Verschwendung!!!!!
Wenn ich mir früher noch nicht so ganz sicher war, ob ich den Sommer nicht doch lieber hier verbringen will, jetzt weiß ich: Nichts wie weg, und deine Einladung erscheint mir nun wie ein Geschenk des Himmels.
Istanbul! Geil!
Ich werde mit Mama reden, bis ich sie davon überzeugt habe. Es muss jetzt einfach sein. Hier hält mich nichts, aber auch gar nichts mehr!!!! Gott sei Dank sind bald Sommerferien!
Ich freue mich auf dich, Opa und Oma und Istanbul!
D.

*

Comeback

Als Elfriede und ich völlig erschöpft aus der S-Bahn ausstiegen, überlegte ich, dass ich eigentlich Deniz anrufen könnte. Wir könnten ein bisschen am Baggersee rumhängen oder noch an den Rhein fahren und den Schiffen nachsehen.

Außerdem könnte ich so mein Comeback nach Hause noch etwas hinausschieben. Vielleicht hatte Deniz ja ein paar Tipps, wie man ohne größeren Gesichtsverlust wieder nach Hause geht. Er hatte ja immerhin diplomatische Kontakte zu Nummer 5 unterhalten.

Allein sein wollte ich jedenfalls nicht und die Monologe mit der beleidigten Elfriede wurden mir allmählich zu anstrengend.

Außerdem wollte ich mir die Beziehung zu Deniz nicht ganz versauen. Ich würde mich entschuldigen und sagen, mir sei so schlecht geworden. Wahrscheinlich war Deniz stinksauer nach Hause gegangen und saß wie immer alleine in seinem Zimmer und hielt Zwiesprache mit seinem geliebten Computer. Es würde ihm gut tun, sich etwas zu bewegen.

Der ganze Pendlerbrei, der mit uns aus der Stadt gekommen war, quoll aus der Bahn und drängte sich in der

Unterführung an uns vorbei. Ich stellte mich an die gekachelte Wand, auf die ein freundlicher Zeitgenosse »Fuck the German society« gesprüht hatte, um ungehindert meine SMS zu senden. Meine Mutter hatte mir einmal prophezeit, als sie sich in einer unserer endlosen Streitereien über meine Ausdrucksweise aufregte, dass sich die Sprache der Menschheit am Ende ihrer Entwicklung wieder auf maximal zehn Worte reduzieren würde: fuck, shit, geil, eij, Alter/Alte, verpiss dich, super, fressen, ficken und pennen, und Kreativität sich nur noch in der jeweiligen Kombination dieser Wörter ausdrücken würde. Wahrscheinlich würde die Menschheit mit einem unartikulierten »Fuck« auf den gepiercten Lippen aussterben – so die apokalyptische Vorstellung meiner Mutter.

Ich stellte meinen Korb mit Elfriede auf den Boden und tippte ein: *Hi Deniz wie wär's mit einem Treff am Rhein? Bin mit E. am Bahnhof in H. Gruß N*

Wahrscheinlich machte der Gute einen Freudensprung, denn die Antwort kam sozusagen postwendend: *Hi N. sorry, aber fahre mit meiner Mutter drei Wochen nach Istanbul zu meinem Vater. Cool! Deshalb keine Zeit. Muss packen. Schöne Ferien und viel Spaß! Deniz*

Ich ließ mich langsam in die Hocke gleiten, umfasste meine Knie, legte den Kopf darauf und spürte, wie mir die Tränen das Gesicht hinunterliefen. Elfriede drängte sich zwischen meinen Armen hindurch und flüsterte mir *Geschieht dir recht* ins Ohr.

Ich war wohl eine Weile so dagesessen, die Zeit war mir – mal wieder – abhanden gekommen, als ich plötzlich ein klirrendes Geräusch hörte. Ich schaute auf. Ein Mann mit zwei kleinen Kindern war vorbeigegangen.

»Hey, Sie haben was verloren!«, rief ich ihm hinterher.

Er drehte sich um, schaute mich mit einem seltsamen Lächeln an und sagte: »Nein, ist schon gut.«

Ich schaute in meinen Korb und erstarrte. Er hatte mir ein Zwei-Euro-Stück hineingeschmissen! Mein erstes selbst verdientes Geld!

Ich war nun endgültig am Tiefpunkt meines Lebens angelangt und wünschte mir nur eines: Ich wollte krank werden und sterben, hier und jetzt. Krank werden, ganz hohes Fieber bekommen und sterben, und alle würden schrecklich weinen, wenn man dann den Sarg ins Grab meiner Oma senkte. Meine Mutter würde sich ihr Leben lang Vorwürfe machen und immer wieder unser letztes Gespräch bereuen. Elfriede würde mir ihr Barbie-Pferd als Grabbeigabe geben, und alle würden bereuen, dass sie mir nie gerecht geworden waren.

Deniz am allermeisten. Er würde sein Leben lang nicht über meinen Tod hinwegkommen.

Ich stand auf und schleppte mich nach Hause. Zum Sterben.

»Mein Gott, bin ich froh, du bist es! Aber wie siehst du denn aus! Weißt du, was für Sorgen wir uns gemacht haben! Du kannst doch nicht einfach bei Freunden bleiben, ohne Bescheid zu sagen! Das wird Konsequenzen haben!«, brabbelte meine Mutter und schlug die Hände vors Gesicht.

»Lass sie doch erst mal reinkommen!«, sagte Robert, nahm mir den Spankorb ab und kümmerte sich um Elfriede, die das seltsamerweise willig geschehen ließ und sich anbiedernd auf seine Schulter setzte. Seit sie sozusagen in einem Atemzug mit ihm als Ungeziefer bezeichnet worden war, fühlte sie sich uneingeschränkt solidarisch mit ihm. Ich war nur noch von Verrätern umgeben!

Meine Mutter hatte sich mittlerweile wieder gefasst und sagte: »So, jetzt duschst du dich erst einmal und dann schnell ins Bett!« Dabei zerrte sie mich ins Badezimmer. Ich schaute in den Spiegel und erschrak: Meine Schminke war völlig zerlaufen, meine Nase vom Heulen rot und unförmig, und die Spikes, die sonst meinen Kopf wie das Haupt eines edlen Irokesenhäuptlings zierten, baumelten trostlos und schlapp auf meinem Kopf herum.

Ich zupfte an meinen Haaren und murmelte: »Mama, wasch mir bitte die Haare, ich ertrag das alles nicht mehr.«

»Das ist der erste vernünftige Gedanke, den ich seit langem von dir gehört habe«, sagte meine Mutter erstaunlich ruhig.

Ich beugte meinen Kopf über das Waschbecken und meine Mutter wusch mir zuerst ganz lange mit warmem Wasser den Kleister aus den Haaren.

»Ist die Temperatur so richtig?«, fragte sie.

»Ja, aber das ist wahrlich meine kleinste Sorge«, brummte ich unter dem Wasserstrahl hervor. Es tat trotzdem unheimlich gut, die Wärme und die Hände meiner Mutter zu spüren. Als sie mir dann die Haare shampoonierte, hörte ich sie leise lachen: »So! Jetzt komm mal ganz vorsichtig hoch und schau!« Ich sah mich im Spiegel mit zerlaufener Schminke und zwei abstehenden Teufelshörnern auf dem Kopf.

Und meine Mutter lächelnd neben mir. »Weißt du noch, wie ich dir immer Teufelshörner machen musste, als du noch klein warst?«

Ich beugte meinen Kopf schnell wieder über das Becken. »Wasch ab«, sagte ich schroff. »Ich friere.«

»Komm, erst noch dein Gesicht«, sagte sie und drückte mir ihre so übel gut riechende Gesichtsmilch in die Hand.

Dann rubbelte sie meine Haare trocken und baute mir aus einem ihrer Superluxusbadetücher einen Turban.

»Jetzt siehst du aus wie eine etwas verlebte orientalische Prinzessin«, sagte sie. »Es fehlt nur noch der passende Märchenprinz.«

Hinter mir hörte ich Heike kichern. Mama summte vor sich hin.

»Ich bin froh, dass du wieder da bist, Nadja«, sagte sie dann. »Dir ist ja klar, dass wir darüber noch reden müssen! Aber jetzt möchte ich dir erst mal was zeigen. Ein Video. Zur Aufheiterung!«

Zur Aufheiterung! Wahrscheinlich wollte sie mich wieder mit einem Miss-Marple-Film beglücken oder eher quälen.

»Mein Gott, nein, Mama! Ich bin todmüde! Ich bin völlig fertig! Ich will meine Ruhe haben! Ich will schlafen!«

Aber meine Mutter stellte sich taub, nutzte meine wehrlose Lage aus, katapultierte mich auf mein Bett, setzte mich mit dem Rücken zur Wand und stopfte mir ein Kissen hinter den Rücken. Dann warf sie meine Bettdecke über mich und schlang sie um meine Beine, bis ich festgezurrt wie eine Mumie dasaß! Wahrscheinlich waren das die Vorbereitungen für mein Pyramidenbegräbnis!

Nummer 5 kam mit einer großen Tasse heißer Schokolade (woher wusste der, dass ich heiße Schokolade mag!?) und Keksen auf dem Tablett in mein Zimmer, nickte mir zu und sagte: »So, wenn du noch was brauchst, dann ruf! Ich bin bei Steffen im Zimmer.«

Elfriede, die unauffällig hereingehuscht war, schaute mich prüfend an, sah, dass ich wehrlos und mitten im Beerdigungsritual gefangen war, und machte sich über die Kekse her, dieser Gierschlund!

Meine Mutter suchte nach einem Film und legte ihn in den Videorekorder ein. Dann setzte sie sich neben mich. Elfriede, die die letzten Kekskrumen verspeiste hatte, putzte sich sorgfältig ihr Näschen, positionierte sich genau zwischen uns und nahm eine erwartungsvolle Fernsehposition ein. Ich stöhnte, nahm ergeben den Becher, wärmte meine Hände und trank in ganz kleinen Schlucken heiße Schokolade. Ich fror, obwohl es Sommer war.

»So! Jetzt machen wir es uns richtig gemütlich«, sagte meine Mutter.

Auch das würde ich überstehen. Vielleicht war dies das Fegefeuer, durch das man zuerst hindurchmusste. Ich starrte auf den Bildschirm und hörte eine Musik, die ich nicht kannte. Und dann sah ich sie!

Lola!

Lola, wie sie rennt, mit ihren roten Haaren.

Lola, Franka Potente!

Wie diese Frau rennt, ist unglaublich, und dann dazu diese geile Musik.

Sie rennt für diesen Typ. Er braucht dringend Kohle zu einer bestimmten Zeit und sie muss das Geld besorgen und rennt x-mal gegen das Schicksal an. Immer wieder die gleiche Strecke in diesem unvergleichlich klaren Laufstil, aber alle ihre Versuche misslingen. Doch sie gibt nicht auf, obwohl ihr die unglaublichsten Hindernisse in den Weg gelegt werden. Im Gegenteil, das scheint sie gerade anzuturnen, und sie kämpft, bis sie am Schluss gewinnt. Und dann ist sie nicht erschöpft, sondern stark! Krass! Vielleicht weil sie auch körperlich so fit ist?

Und ich? Ich wär schon nach den ersten hundert Metern mit hochrotem Gesicht und Seitenstechen erbärmlich aus dem Rennen gewesen. Mit mir hätte der Typ keinen Blumentopf gewinnen können. Ich saß hier auf meinem Bett, eine Mumie, die ihrer eigenen Einbalsamierung zuschaute. Ich fühlte mich schwer und ungelenk und hasste mich selbst. Mein Gott, was gäbe ich, wenn ich so aussehen könnte wie Lola!

Nun, ich war entschlossen, es zu versuchen. Wie sagte Frau Sonntag immer: »It's a challenge not a problem!«

»So, jetzt ist es aber spät geworden!« Meine Mutter setzte Elfriede, die sie wohl widerwillig adoptiert hatte, in ihr Barbie-Schloss, machte den Fernseher aus, räumte das Geschirr aufs Tablett und half mir noch, von der sitzenden Mumienposition in die liegende zu kommen. Fest legte sie mir ihre Hand auf die Schulter und sagte: »Gute Nacht, Nadja, schlaf gut. Eigentlich sollte man dir ja den Hintern versohlen, aber wie gesagt ich bin froh, dass du wieder da bist.«

Nummer 5 steckte den Kopf durch den Türspalt, mit Steffen im Schlepptau, der im Schlafanzug einen Indianertanz aufführte und mir pantomimisch »gute Nacht« zuwinkte.

»Brauchst du noch was?«, fragte Robert.

Ich schaute ihn an und bemerkte, dass er ganz schön groggy aussah. Sein sonst ordentlich gebundener blonder Haarzopf hatte sich in Wohlgefallen aufgelöst und er hatte schwarze Ringe unter seinen blauen Augen. Sah fast so aus wie ich!

»Robert?«, fragte ich zögernd.

»Ja, was ist?«

»Ich hab ganz plötzlich ganz schrecklichen Hunger! Kannst du mir noch was zu essen bringen?«

»Okay, kann man machen«, antwortete er langsam und schaute mich prüfend an.

Und Robert brachte mir zwei warme Käsebrote mit Tomaten und ich verschlang sie mit Heißhunger. Dabei fasste ich endgültig den Entschluss: Ich wollte nicht mehr sterben, ich wollte rennen.

Styling II

Die Friseurin nahm den Spiegel und zeigte mir meine neue Frisur: »Ist es so recht?«

Plötzlich hörten die Tussen auf zu quatschen, und alle schauten zu mir herüber, aber das war mir egal. Ich hatte kurze, knallrote Haare und sah so geil aus.

»Ja, danke. Genau so wollte ich es haben.«

Ich stand auf und bezahlte, teilweise mit meinem selbst verdienten Geld (ha, ha), und verließ den Salon. Dass ich nach Hause rannte, ist ja wohl klar!

Meine ganze Kleidermontur hatte ich schon am Morgen aussortiert, während Elfriede vor ihrem Rattenroman lag und las. Sie hatte aufgeschaut, als ich vor dem Spiegel stand und vorsichtig die Sicherheitsnadeln und das Piercing aus der Nase herausnahm.

Wurde ja auch allmählich Zeit! War ja echt schon peinlich mit dir! Und gestunken hast du auch.

»Schnauze, Elfriede!«

Ich hatte meine alten Klamotten wehmütig zusammengepackt und war in Heikes Zimmer gegangen: »Willst du die haben, ich schenke sie dir, absolute Designerqualität.«

Aber Heike hatte nur verlegen den Kopf geschüttelt und »nein, danke« gemurmelt.

Nun gut. Ich hatte dann alles in unsere Fastnachtskiste gepackt, vielleicht bekam ja mal jemand in dieser Familie Lust auf einen Punker-Act. Dann war ich zum Friseur getrabt.

Wenn ich es recht bedenke, ist in den darauf folgenden Ferienwochen eigentlich nicht viel passiert. Ich genoss es, lange zu schlafen, und dann zog ich meine Sportschuhe an und lief. Erst mühsam und keuchend (ich spürte jede Zigarette meines Lebens), aber ich hatte mir in den Kopf gesetzt, so locker und kraftvoll zu rennen wie Franka Potente als Lola. Ich reaktivierte auch mein altes Rad und nahm mir vor, morgens damit in die Schule zu fahren.

Und mit der Zeit wurde ich wirklich fit und spürte eine riesige Kraft. Ich bin durch die Spargelfelder geflitzt wie ein Derwisch und hatte dann das Gefühl, dass mich nichts mehr umhauen kann. Die Tage vergingen wie im Flug. Der August zeigte sich von seiner besten Seite, ein blauer Himmel und ein leichter Wind begleiteten wohlwollend meine ersten Trainingsversuche. Ich lernte laufend meine neue Umgebung kennen und hielt mich fern von allen Menschen und Problemen. Soweit das möglich war. Meine Tage hatten eine angenehme Gleichförmigkeit, die ich genoss. Laufen, Frühstück, Schwimmbad/Baggersee und ab und zu ein Ausflug nach KA zu einer Fete. Bei den Feten saß ich rum wie bestellt und nicht abgeholt, war ganz hippelig, dachte an Deniz, kam mir uralt vor und haute meistens vor Mitternacht wieder ab.

Mit meiner Mutter hatte ich ein stillschweigendes Übereinkommen getroffen, einander möglichst aus dem Weg zu gehen. Wir trauten dem Frieden nicht, und sie wagte nicht, meine Eskapade noch einmal anzusprechen. Robert beobachtete uns und erfreute uns mit leckerem Essen. Manchmal, wenn ich wegen einer blöden Bemerkung meiner Mutter kurz vor dem Ausrasten war, murmelte er vor sich hin: »Den Ball immer schön flach halten, Nadja!«

»Mein Gott, wenn ich mir vorstelle, dass in drei Wochen die Schule wieder anfängt, wird mir ganz schlecht«, stöhnte Heike.

Ich stimmte ihr uneingeschränkt zu. Riesige Problemtürme taten sich vor mir auf, wenn ich nur daran dachte. Ich hatte das letzte Jahr mit Ach und Krach geschafft und einzig meine Zwei in Deutsch und die gnädige Fürsprache meiner Englischlehrerin hatten mich vor dem Sitzenbleiben bewahrt. Wenn ich dieses Jahr nichts tat, würde es das Ende meiner Schulkarriere bedeuten.

Nicht einmal mittlere Reife! Ich war nämlich in dieser Stufe schon einmal sitzen geblieben als Folge unserer vielen Umzüge, und, na ja, um ehrlich zu sein, weil ich überhaupt nichts getan hatte. Ich musste mir also echt Gedanken machen.

Aber gegenwärtig hatten wir uns alle zu einem friedlichen Idyll im Garten zusammengefunden. Es war ein wunderschöner Spätsommermorgen mit angenehmer Wärme und klaren Farben. Die Frühstücksreste standen noch auf dem Tisch. Aus dem Wohnzimmer tönte leise Vivaldis »Vier Jahreszeiten«.

Elfriede sonnte sich auf dem Kiesbett unseres Gartenteichs und spielte Mallorca. Meine Mutter hatte natürlich den Liegestuhl in Besitz genommen und las. Steffen baute »Herr der Ringe«-Szenarien aus Lego und unseren Küchenstühlen und begleitete das ganze mit geheimnisvollem Brummeln, da er alle Personen mit verstellten Stimmen imitierte. Dazwischen stürzte immer mal wieder mit ohrenbetäubendem Krach das Reich des Bösen zusammen, das er turmhoch aus den alten Küchenstühlen gebaut hatte. Meine Mutter schrie irgendwann entnervt: »Kann man nicht *einmal* seinen Frieden haben? Ich werde noch wahnsinnig!« Meine Mutter und Steffen, das ist einfach keine glückliche Konstellation.

Robert und Heike saßen an unserem runden Esstisch und lasen konzentriert. Er in der regionalen Zeitung und Heike hatte einen Riesenstoß »Mädchen« vor sich liegen, den sie sich von ihrer Freundin Alex ausgeliehen hatte. Jedes Mal, wenn ich vorbeikam, senkte sie das Heft so, dass ich nicht sehen konnte, was sie gerade las.

»Aha, lesen wir mal wieder die Sexberatungsseiten, tz, tz, tz!« Ich imitierte kurz den Beratungsdoktor und sprach mit tiefer, professoraler Stimme: »Heike, 12, möchte wissen: Was ist ein Orgasmus? Herr Doktor Allweiß antwortet: ›Liebes Kind, da bist du noch vieeeeel zu klein dafür, spiel du doch noch mit deiner Puppe.‹«

Heike blitzte mich wütend an und fauchte: »Du bist so was von blöd! Robert! Sag ihr, dass sie mich in Ruhe lassen soll!«

Robert schaute entnervt von seiner Zeitung auf: »Gebt

Ruhe, ihr zwei. Lasst euch doch einfach in Ruhe! Das müsste doch möglich sein, oder?«

Ich war ziemlich sauer auf mich, dass ich wieder einmal einen Streit provoziert hatte, denn ich hatte doch eigentlich meine Energien sammeln wollen, um mir Gedanken zu machen, wie es mit dieser Scheißschule weitergehen sollte. Es war mir klar, dass ich das alleine nicht schaffen würde.

Seit meiner Heimkehr als verlorene Tochter hatte ich wie gesagt nur ganz höfliches und nebensächliches Zeug mit meiner Mutter geredet. An sinnvolle Unterhaltungen mit ihr konnte ich mich sowieso nicht erinnern. Wie sollte ich nun dieses Gespräch beginnen?

Ich nahm Steffens Hüpfball und hüpfte Richtung Liegestuhl und darauf liegender Mutter und signalisierte mit unauffälligem, fröhlichem Summen meine Anwesenheit. Meine Mutter lag in Jeans und T-Shirt auf der Liege und hatte sich wohl gerade die Finger- und Fußnägel lackiert, lila!!!

In Wahrheit ging mir durch den Kopf, dass ich sie viel zu alt fand für lila Fußnägel, sagte aber: »Hübsch, hübsch! Cooler Lack!«

Meine Mutter schaute auf, legte den Nagellack weg und wedelte mit den Fingern. »Komm, setz dich!« Sie rückte ein wenig zur Seite und klopfte mit der Hand auf die frei gewordene Fläche.

»Ich glaub, ich bleib lieber auf dem Boden.« Ich ließ mich im Schneidersitz nieder. Ihr gegenüber.

Meine Mutter schaute mich eine Weile lang an. »Sehr

hübsch, wie du deine Haare jetzt hast«, sagte sie dann. »Etwas wild die Farbe, aber sehr hübsch. Es passt zu dir.«

»Findest du?«

»Ja.«

Ich entschloss mich, das Problem ganz direkt anzugehen oder besser gesagt die Probleme, denn die Schule war ja nicht meine einzige Sorge. »Ich muss mit dir reden!«

Meine Mutter runzelte irritiert die Stirn.

»Nein, ganz ernsthaft, Mama! Also, ich würde gerne etwas von dir wissen, und du musst mir ehrlich antworten, versprichst du mir das?«

»Nun ja, ich werde mir Mühe geben«, sagte meine Mutter skeptisch.

»Diese Männer, ich meine, mein Vater und die anderen ...« Ich zögerte und meine Mutter hob fragend ihre Arroganzaugenbraue. »Warst du in die verliebt?«

Meine Mutter schnaubte verächtlich, setzte sich dann aber auf, legte die Hände vors Gesicht und schaute mich über die Fingerspitzen hinweg an. »Mein Gott, Kind, du fragst Sachen.«

Robert schaute zu uns herüber und rief: »Möchte noch jemand was vom Frühstückstisch?«

Meine Mutter winkte ungeduldig ab. »Stör uns jetzt nicht!« Sie schaute auf ihre frisch lackierten Fußnägel. »Und ob ich verliebt war. Es hat mich jedes Mal wieder aufs Neue erwischt. Aber bei deinem Vater war es am heftigsten.«

»Und warum hat es dann nie geklappt?«

Sie hob die Schultern und sagte: »Wie kann man das

vorher wissen? Du gehst ja nicht voller Skepsis in eine Beziehung. Am Anfang denkst du doch nur das Beste von jemandem und siehst, was du sehen willst.«

»Ich schon. Ich gehe nur voller Skepsis in eine Beziehung.«

»Schade! Dadurch geht dir aber viel verloren.«

»Und das Ende? Erinnerst du dich nicht an die schrecklichen Enden?«

»Ich möchte das andere aber nicht missen.«

»Vielleicht hättest du sie nicht immer gleich voll anschleppen sollen!«, sagte ich und warf ihr einen vorsichtigen Blick zu.

Sie wippte mit den Füßen, legte die Arme um die Knie und sagte zum Teich: »Was soll das? Möchtest du mir jetzt alte Geschichten aufs Butterbrot schmieren?«

Ich starrte in Richtung Elfriede, die mit aufgestellten Ohren zuhörte, nahm mir einen Apfel aus dem Obstkorb neben der Sonnenliege, biss hinein und sagte nichts.

»Okay, vielleicht hätte ich das nicht tun sollen. Aber das Alleinsein fällt mir eben schwer. Kannst du das nicht verstehen?«

»Wenn ich ehrlich bin, eigentlich nicht. Du hattest doch uns. Und Oma.«

»Das ist nicht das Gleiche, Nadja! Aber vielleicht hast du Recht. Vielleicht hätte ich sie nicht so schnell in unsere Familie bringen sollen.«

»Familie«, schnaubte ich und schmiss den Apfelbutzen in die Büsche.

»Ja, Familie. Sag das nicht so verächtlich. Du kannst

schon sehr verletzend sein, weißt du das? Außerdem habe ich dir schon zum hundertsten Mal gesagt, dass du deine Apfelbutzen nicht einfach im Garten rumschmeißen sollst.«

Ich ignorierte ihren Erziehungsversuch, oder sollte ich sagen, ihr Ablenkungsmanöver? »Und dass uns das vielleicht verletzt hat, hast du dir das nie überlegt?«

»Schon, aber ich dachte, es wäre auch für euch besser, eine Familie mit einem Vater und so. Und dass wir die Anfangsschwierigkeiten schon in den Griff bekommen würden. Ich habe mir das alles auch ganz anders vorgestellt.«

Steffens Türme wurden wieder mit riesigem Geheul gestürmt.

»Kannst du dieses Gepolter nicht einmal sein lassen?«, schrie meine Mutter. »Das ist ja nicht zum Aushalten.«

»Ich glaube, ich habe eine Idee, Steffen. Verleg doch das Reich des Bösen nach Mallorca!«, sagte ich, in Richtung Teich zeigend. Elfriede warf mir einen Killerrattenblick zu und ging baden.

Ich aber nahm den Faden sofort wieder auf und hakte nach: »Und mit Robert? Was meinst du, wie geht das mit Robert aus?«

Meine Mutter schaute mich an und holte Luft: »Ich weiß es nicht. Momentan sieht es ganz gut aus. Aber was daraus wird, wer weiß? Man kann es sich ja kaum vorstellen, aber er mag euch. Und ich mag ihn und er mich auch. Vielleicht hält es ja dieses Mal.«

Sie griff nach ihrer Sonnencreme und begann, sich ihr

Gesicht einzureiben. »Und du, bist du verliebt in diesen Deniz?«

Ich schaute Richtung Teich, an dem Elfriede sich erneut niedergelassen hatte und so tat, als läse sie in ihrem Rattenroman, wobei sich ihre Ohren mittlerweile zu meterlangen Hörrohren transformiert hatten.

»Ziemlich … leider. Aber er ist ja jetzt, Gott sei Dank, noch in Istanbul. Mit seiner Mutter. Bei seinem Vater. Müsste jetzt aber bald wieder da sein.«

»Ach, sind die auch getrennt? Aber warum leider? Es ist doch schön, wenn man verliebt ist. Außerdem ist er ein charmanter Typ. Wenn ich jung wäre, würde ich mich auch in ihn verlieben.«

»Also Mama, bitte!«

Ich nagte an meiner Unterlippe, bevor ich weiterredete: »Ich hab Stress in der Schule, und ich hab keinen Plan, wie ich das nächste Jahr überstehen soll. Ich weiß überhaupt nicht, wo anfangen, und dann noch die Sache mit Deniz. Mir wird das alles zu viel. Und vielleicht geht dann doch alles wieder kaputt und ich hab dann Liebeskummer und ich hagle durch die Schule und du trennst dich von Robert und Heike zickt rum und Steffen …«

Meine Mutter fing an zu lachen. »Jetzt mach aber mal einen Punkt. Deine Oma hat immer gesagt: ›Es wird nichts so heiß gegessen, wie es gekocht wird!‹« Und mit einem drohenden Blick in Richtung Steffen: »Es reicht, wenn dein Bruder Schreckensszenarien aufbaut. Wenn dieser Deniz wieder zurück ist, rufst du ihn an und gehst mit ihm baden, solange es noch so schöne Tage gibt und er noch in dich verliebt ist. Wer weiß, wie lange er dich aushält.«

»Ja, danke!«

Manchmal fand ich meine Mutter etwas einfach gestrickt, vor allem, was Beziehungen betraf. Ich stand auf, ging zum Teich und versuchte, mit meinen Zehen Steine aufzuheben.

»Und die Schule?«

»Tja, die Schule. Das hast du dir ja nun selber eingebrockt! Und jetzt kommst du! Ich sage dazu nichts mehr. Du hast Nachhilfe gehabt, du bist trotzdem sitzen geblieben! Ich glaube, dass du dich erst mal grundsätzlich entscheiden musst, ob du überhaupt lernen *willst.*« Rote Flecken hatten sich an ihrem Hals gebildet. »Außerdem wirst du merken, wie viel man mitkriegt, wenn man im Unterricht zuhört! Ich jedenfalls zahle keinen Cent mehr!«

»Und wenn ich trotzdem durchfalle?«

»Ich kann mir das zwar nicht vorstellen, wenn du dich wirklich bemühst, aber wenn es trotzdem passieren sollte, jagen wir dich schon nicht aus dem Haus.«

»Na, das tröstet ja ungemein. Okay, ich kümmere mich um eine Nachhilfe.«

»Mach das. Gute Idee! Aber du zahlst!«

»Toll!«

Ich stand auf, holte Elfriede, die mir *Das war jetzt aber mal ein interessantes Gespräch* ins Ohr nuschelte, und ging in mein Zimmer. Shit! Ich würde wohl Zeitungen austragen müssen. Ich könnte natürlich auch irgendeinem Sponk Nachhilfe in Benehmen geben …

Am Rhein

Das Freibad am Rhein ist das absolut geilste Schwimmbad überhaupt. Du kannst dich völlig abkoppeln und legst dich an den Rhein und schaust auf den breiten Fluss mit seiner trägen Geschwindigkeit und versuchst herauszubekommen, woher die Schiffe kommen und wohin sie fahren und was sie wohl geladen haben. Du liegst im Pappelschnee, und im Hintergrund hörst du die Meute, die sich ins Wellenbad schmeißt, hysterisch kreischen, aber das ist hundert Lichtjahre entfernt und deine Gedanken sind total verlangsamt, und du wirfst dich auf den Rücken und tauchst durch das Pappelgitter so lange in den lauen Himmel, bis du das Gefühl für oben und unten verloren hast.

Manchmal, wenn ich ganz alleine sein wollte, habe ich meine Badesachen geschnappt und bin mit dem Fahrrad an den Rhein gedüst, Elfriede in meinem Puppenfahrradsitz, die sich jedes Mal, wenn uns jemand entgegenkam, in Pose setzte, als sei sie die Galionsfigur eines großen Schlachtschiffes. Ich hatte immer einen Pack Bücher dabei, und ich glaube, in diesem Sommer habe ich noch einmal alle meine tollen Jugendbücher durchgelesen. Oder ich lag nur unter den Pappeln, schaute in den Himmel, träumte und überlegte mir, wer ich bin und wer ich mal sein möchte und wie das mit unserer Familie weitergeht.

Ich habe versucht, das alles mit Elfriede zu diskutieren, aber die war nur missmutig, weil ihr zu heiß war, und dauernd schlug sie mir irgendwelche Spruchweisheiten und oberlehrerhaftes Gefasel um die Ohren wie: *Hilf dir selbst, dann hilft dir Gott!* und *Vielleicht solltest du mal mit deinen Englisch- und Französischvokabeln anfangen, anstatt hier Luftschlösser zu bauen.* Dabei warf sie vorwurfsvolle und bedeutungsvolle Blicke auf meine Schulbücher.

Ein paar Dinge sind mir aber klar geworden: Dass ich bei der Lösung meiner Probleme nur bedingt mit meiner Mutter rechnen konnte, dass das mit unserer »Familie« in den Sternen stand, dass ich aber unabhängig davon *unbedingt* Journalistin werden wollte.

Ich nahm mir also mein Englisch- und mein Lateinbuch vor und las sie einfach durch. Wenn ich etwas nicht verstand, schlug ich es nach. Dieses sture Vokabellernen ist nun mal nicht mein Ding.

Ich sagte zu Elfriede »you stupid bitch« und »you silly rat« und freute mich, dass sie zwar ahnte, dass das nichts Freundliches war, es aber – sie konnte ja kein Englisch, ha, ha! – nicht verstand. Dazwischen las ich ihr ganze Passagen aus »Dead Poet's Society« vor, das mir meine Mutter geliehen hatte und das ein echt geiles Buch ist, raunte ihr »carpe diem« ins Ohr, was sie erstaunlicherweise verstand und mit einem gewieften »memento mori« parierte. Hin und wieder packte ich sie im Genick und wir schwammen im Rhein.

Meistens zog ich dann noch im Sportbecken meine Runden, bis ich total erschöpft war, legte mich zum Abchillen an den blauen Rand des Nichtschwimmerbeckens und ließ die Minibrandung sachte über mich hinwegspülen. Nun ist es ja wohl logisch, dass einem da Istanbul einfällt, dazu südlichere Strände, wo andere Menschen liegen, die sich vielleicht nördliche Nichtschwimmerbecken vorstellen und die Mädchen, die da liegen und die Brandung über sich spülen lassen.

Spätestens dann bekam ich immer einen schrecklichen Hunger, setzte mich an den Stamm meiner Pappel und machte mich mit Elfriede über unseren Essenskorb her, den Robert der Gute für uns gerichtet hatte.

Einmal hatte er mich gefragt, ob ich nicht Steffen mitnehmen wolle, »du weißt, er hat hier doch noch niemanden gefunden«. Aber ich habe nur angewidert den Kopf geschüttelt und gesagt: »Nein, um Gottes Willen, ich muss allein sein und mich für die Schule vorbereiten«, obwohl das ja nicht unbedingt meine Hauptbeschäftigung gewesen war.

Aber ich wollte damals mit niemandem reden und mich um niemanden kümmern, und wenn ich ab und zu ein paar Restbestände aus unserer Klasse traf, die nicht auf den Seychellen oder in Südfrankreich oder weiß der Geier wo rumflitzten, sondern einen Last-Minute-Urlaub in Balkonien gebucht hatten, murmelte ich nur: »Ihr wisst, ich muss lernen, bedrohte Spezies und so. Man sieht sich wieder in besseren Zeiten«, und verzog mich in die hinterste Ecke des Bades.

Überhaupt ist in diesen Wochen das ganze Leben irgendwie an mir vorbeigezappt und ich kann mich an die meisten Ereignisse nur noch vage erinnern.

Abends blieb ich dort, bis es dämmerte, schaute in den Rhein und stellte mir vor, was für tolle Artikel ich mal schreiben würde und wie es wäre, wenn Deniz jetzt neben mir säße, und na ja, noch so allerlei …

Dann schwang ich mich auf mein Rad und fuhr nach Hause, redete Bedeutungsloses mit dem Rest der Familie und verzog mich auf mein Zimmer. Zappte durch Musikkanäle, guckte Dokumentarfilme, alles Mögliche, fragt mich nicht, was.

Sommergefühle

Es war der Samstag vor dem Ferienende und Robert hatte gesagt: »Komm heute aber pünktlich von deiner Mathenachhilfe nach Hause, ich mache ein großes Ferien-zu-Ende-Essen!«

Ich schloss unsere Haustür auf, das Essen duftete schon verführerisch. Es war unheimlich schwül und stickig an diesem Tag, und ich war vom Heimfahren so verschwitzt, dass ich unbedingt vor dem Essen noch duschen wollte, was ich auch tat. Ich trocknete mich ab, stand splitternackt vor dem Spiegel, zog meinen Bauch ein und drehte mich kritisch hin und her.

»Was meinst du, was soll ich anziehen, Elfriede?«, fragte ich.

Sie grinste unverschämt und sagte: *Weißt du, am besten gar nichts! Das würde den da unten vielleicht am meisten freuen, obwohl es deine Mutter sicherlich sehr unpassend finden würde.*

Ich starrte sie an. »Bist du bescheuert«, zischte ich, »Wen meinst du mit ›den da unten‹? Etwa Robert? Lass deine saublöden Anspielungen. Robert steht außerdem total auf meine Mutter, wie vielleicht auch du schon bemerkt haben könntest.«

Nein, nicht Robert, kicherte Elfriede und versuchte, mit dem linken Auge zu zwinkern, wie sie es bei Robert, den sie verehrte, abgeschaut hatte. Allerdings sah das bei ihr ziemlich albern aus.

Aber allmählich kam mir eine furchtbare Ahnung, was oder vielmehr wen meine kleine hinterhältige Ratte meinte, und ich zog mir in Windeseile für alle Fälle meinen Badeanzug an und T-Shirt und Jeans.

Mit wackligen Knien stand ich vor dem Spiegel und beschwor Elfriede: »Okay, sei so gut, meine Liebe, denk an die Schutzengelgeschichte vom Friedhof und lass mich jetzt nicht im Stich. Steh mir bei und halt ja deine Klappe!«

Ich setzte sie auf meine Schulter und so gingen wir nach unten.

Klar, es war Deniz! Back fom Istanbul und braun gebrannt ohne Ende. Er brachte gerade Steffen Häckisäck bei, und da der Ball bei Steffen immer da landete, wo er nicht landen sollte, gab es großes Gejohle.

»Oh, hi, Nadja, ich wusste gar nicht, dass du da bist!«

»Hi.«

Deniz gab mit keiner Miene zu erkennen, dass er mein verändertes Aussehen bemerkte, machte auch keinerlei blöde Bemerkungen zu unserem letzten Treffen und meinem unverschämten Abgang im Schlosspark. (Ich hatte ihm in einer schwachen Stunde ein kleines Briefchen mit meinem Lieblingsgedicht »Der Panther« und etwas Pappelschnee in seinen Briefkasten geschmissen. Als Entschuldigung sozusagen.)

Er fing den Ball geschickt mit einer Hand auf und sagte: »Hast du Bock, mit an den Rhein zu gehen?«

»Ich?«

»Schiffe und so.«

»Schiffe? Toll! Ja, warum nicht?«

Ich drehte mich um und sagte: »Steffen, hast du Lust mitzukommen?« Ich hörte Elfriede in mein Ohr lachen.

»Ich?«, fragte Steffen und schaute mich ungläubig an.

»Schiffe und so.«

»Schiffe?«

Hätte uns bei dieser intelligenten Konversation jemand zugehört, er hätte uns wahrscheinlich für Analphabeten oder Idioten oder beides gehalten.

»Warum ich?« Steffen schaute mich misstrauisch an. »Du hast mich doch noch nie mit ins Schwimmbad genommen.«

»Jetzt mach nicht lang rum! Ja oder nein?«

Steffen flitzte wie ein geölter Blitz in sein Zimmer, holte seine Badesachen und war, ratz fatz, wieder da. »Okay, wir können gehen.«

»Ich sage nur noch schnell Bescheid«, sagte ich, rannte in die Küche und flüsterte Robert ins Ohr: »Da sind ein paar unvorhergesehene Sachen dazwischengekommen. Macht es dir etwas aus, wenn wir jetzt gleich ins Schwimmbad losziehen?«

Robert schüttelte den Kopf. »Nein, nein, ist schon gut, geht nur.«

Meine bei diesen Dingen äußerst hellhörige Mutter schüttelte auch den Kopf, aber anders.

»Robert, ich finde, du verwöhnst sie zu sehr«, meinte sie. Und zu mir: »Wenn man gesagt hat, dass man zum Essen da ist, und Robert extra ein großes Essen kocht, sollte man auch da sein. Dein Freund Deniz kann doch mitessen.«

Ich rollte mit den Augen. Von manchen Dingen hatte Mama wirklich keine Ahnung.

Deniz aber sagte: »Au ja, prima. Ich hab zwar auch was fürs Schwimmbad dabei, aber eine kleine Vorspeise wäre nicht schlecht!«

Ich stöhnte. Deniz im trauten Kreis meiner Familie hatte mir gerade noch gefehlt!

Wir fuhren mit dem Rad. Elfriede saß zufrieden in ihrem Sitz und hielt die Schnauze in den kühlenden Fahrtwind. Ihre Barthaare wehten stromlinienförmig nach hinten.

Das ist jetzt aber mal ein schöner Ausflug. Dass ich das noch erleben darf! Eine richtige kleine Familie.

»Du nervst, Elfriede!«

Deniz radelte flott voran, dann Steffen, der sein Rad voll gepackt hatte mit sämtlichen Spielsachen, die schwimmfähig waren, obendrauf sein riesiges, aufgeblasenes Schwimmkrokodil, das seitlich von seinem Gepäckträger so herausragte, dass er sich immer in einer Beinahekollision mit anderen Radfahrern befand.

Aber das störte ihn nicht, denn er war vollauf damit beschäftigt, Deniz ein Ohr abzuschwatzen.

»Hast du gestern Fußball im Fernsehen gesehen?«

»Mmh.«

»Dieser Schuss! Das war doch irre, so möchte ich auch mal spielen können.«

»Mmh.«

Es gelang Steffen nur mit großer Mühe, auf gleicher Höhe mit Deniz zu radeln, und dazu musste er immer wieder im Stehen in die Pedale treten.

»Hast du auch genug zu essen dabei? Ich hab nämlich schon wieder Hunger.«

»Klar! Das ist doch das Wichtigste, wenn man baden geht. Meine Mutter hat uns einen Riesenkorb gepackt.«

Vor dem Schwimmbad stellten wir unsere Räder ab, nahmen alle unsere Schätze unter den Arm, nachdem ich Elfriede in ein Handtuch eingewickelt hatte, und zockelten voll bepackt im Gänsemarsch zur Kasse.

Der Bademeister warf einen Blick auf uns und sagte: »Familie mit Kind macht 6 Euro 50.«

Steffen strahlte, Deniz grinste, mein Handtuch kicherte und ich zeigte auf Steffen und sagte: »Das ist aber mein Bruder und das ist mein …«

»Na ja, macht nichts. Machen wir eben zwei Erwachsene und ein Kind. Kommt aufs Gleiche raus. Muss schließlich alles korrekt sein, nicht wahr?«

Ich scheuchte die beiden mit den Händen vor mir her. »Geht schon mal voraus. Wir müssen hier ja nicht als die Heilige Familie einlaufen. Sucht einen schönen Platz am Ufer. Ich komme nach.«

Tatsache ist, dass ich bei wichtigen Dingen ein schrecklicher Hasenfuß bin! Ich wollte den Moment, in dem ich mich endgültig dem Problem Deniz stellen musste, noch hinauszögern. Ich war gerade dabei, mein Leben halbwegs in den Griff zu bekommen. Das sollte wenigstens ein Viertelstündchen noch so bleiben!

Ich setzte mich auf die niedere Sandsteinmauer, die das große Schwimmbecken umgibt, in dem sich das Wellenbad befindet und wo sich die Stammkundschaft schon in Erwartung des großen Wellenspektakels an den besten Plätzen postiert hatte.

Die Geräuschkulisse in Freibädern haut mich jedes Mal wieder um. Wie in einem Bienenschwarm, und dazu diese unvergleichliche Geruchsmischung aus Chlor, Sonnencreme und Würstchen mit Senf und Landjäger und Eiscreme. Am Stiel natürlich, schön grün, rot, auf jeden Fall wunderbar künstlich und grell und klebrig. Dazwischen Nester mit Kindern und Mütter ohne Ende mit vereinzelten Männern, die unermüdlich riesige Plastiktiere aufbliesen.

Ich stand auf und schlenderte langsam am Familienblock vorbei, ließ die Geräuschkulisse hinter mir und befand mich nun im leisen Revier der Pärchen, die Kopf auf Bauch träge herumlagen oder sich langsam und bedeutungsvoll mit Sonnencreme eincremten und ihre Superbodys zelebrierten.

Ich erwog kurz, Elfriede freizulassen, um die Fit-for-Fun-Damen etwas aufzumischen, entschied mich dann aber doch dagegen, denn dann wäre unser Badeaufenthalt von kurzer Dauer gewesen.

»Du musst noch schön im Handtuch bleiben, okay? Nachher darfst du raus«, flüsterte ich Elfriede ins Ohr.

Ich steuerte auf die große Pappelallee am Rhein zu und sah schon Steffen, der aufgeregt mit seinen schlaksigen Armen winkte, wie ein Gummiball auf- und niederhüpfte und das Unübersehbare mit Worten unterstrich: »Hier, Nadja, wir sind hier! Komm, ein ganz toller Platz! Deniz hat ihn gefunden.«

Ich blieb kurz stehen und schluckte den Kloß in meinem Hals hinunter. Wenn ich Steffen manchmal so sehe, wird mir angst und bange um ihn. Er ist so klein und verletzlich und manchmal so dumm und naiv und vertrauensselig und kann sich über die allerkleinsten Kleinigkeiten freuen. Er schmeißt sich mit Haut und Haaren in neue Beziehungen, und wenn sie dann schief gehen oder nicht so laufen, wie er sich das vorgestellt hat, rastet er total aus und schlägt um sich. Seit einem Jahr ist er in einer Therapie, weil es in der Schule deswegen massiv Ärger gegeben hatte. Wenn ich an Schutzengel glauben würde, würde ich mir einen für Steffen wünschen oder am besten mehrere.

Mein Handtuch grummelte vor sich hin: *Ich halte das nicht mehr aus. Warum bleibst du denn stehen? Ich bekomme noch einen Hitzschlag!*

Deniz hatte zwei große Decken ausgebreitet, auf einer Ecke lag träge Steffens Krokodil, dem schon halb die Luft ausgegangen war, in der anderen Ecke stand der Fresskorb.

»Na endlich«, sagte Deniz. »Setz dich gleich hin! Dein Bruder hat mich schon ganz verrückt gemacht, denn wir wollen endlich was essen! Nicht wahr, Steffen?« Und dabei strahlte er ihn an und wuschelte ihm durchs Haar.

Mir gab es einen Stich in der Magengrube. Man muss

Deniz in Quarantäne halten, sonst steckt er mich noch endgültig an mit seinem Anticoolness-Virus. Solange er seine Infektion bei Steffen auslebt, geht das ja noch. Aber er soll sich hüten, das bei mir auszuprobieren!

Ich wickelte Elfriede aus ihrem Handtuchgefängnis, setzte mich außerhalb der Decken ins Gras, lehnte mich mit dem Rücken an eine Pappel, schaute auf den Rhein und sammelte Abwehrkräfte.

»Fangt ruhig schon mal an, ich hab noch keinen Hunger.«

Das störte die beiden offensichtlich wenig. Sie packten aus und allmählich zogen sämtliche Düfte des Orients zu mir herüber: Schafskäse, Oliven, Sesamfladen, Peperoni, Fleischbällchen, in Streifen geschnittene Paprika, Salamibrötchen, und es gab sogar noch ein Glas Nutella und Gummibärchen.

Auch Elfriede war nicht mehr zu halten und die drei mampften einträchtig vor sich hin.

»Da hat deine Mutter ja ein absolut multikulturelles Picknick zusammengestellt«, bemerkte ich. »Respekt! Ich hasse Schafskäse und Oliven.« Keiner hielt es für nötig, auf meine Bemerkung einzugehen.

Nach dem Essen schmissen sie sich auf den Rücken, klopften sich, inklusive Elfriede, gegenseitig auf die Bäuche und sagten immer wieder: »Mmh, war das gut, und jetzt ein wohlverdientes Schläfchen.«

Ich betrachtete das Stillleben mit Schlafenden. Steffen eingerollt wie ein Kätzchen, Elfriede ein kleines Schneckenröllchen an Deniz' Hüfte und Deniz, auf dem Bauch liegend, den Kopf zur Seite gelegt: Haare, die sich im Nacken kringelten, Schweißtropfen, die sich an der Wirbelsäule sammelten, lange Wimpern wie die eines Mädchens, eine wunderschöne olivfarbene Haut und Hände, die meine Phantasie beflügelten.

Und dann die Erinnerung an das Haargewuschel.

Und die irre Vorstellung, wie das wäre, wenn das mal jemand bei mir machen würde.

Ich wusste, dass ich mich irgendwann entscheiden musste, ob ich mich vom Leben infizieren lassen wollte oder nicht – no risk, no fun.

Was das bedeutete und für Konsequenzen haben würde, wollte ich mir lieber nicht ausmalen. Auf jeden Fall war klar, dass Deniz meine Spielchen nicht ewig weitermachen würde.

Ich dachte an den Mittag im Schlossgarten. Du bist eine hohle Nuss. Eine eingebildete, verwöhnte, hohle Nuss!

Auf dem Rhein begegneten sich gerade zwei Schiffe. Die *Klara 11*, aus Rotterdam kommend, mit Kies beladen. Auf dem Deck eine Frau, die Wäsche aufhing. Und *Knut*, ein Containerschiff, das rheinabwärts fuhr, mit einem Mann an Deck. Beide hoben die Hand zum Gruß.

Ich legte mich auf den Bauch auf mein Handtuch und zupfte Gras, erwog noch kurz eine kleine Steinigung des Schläfertrios mit spitzen Kieselsteinen, legte dann aber den Kopf auf meine Hände, schloss die Augen, spürte die Wärme, hörte die ferne Geräuschkulisse und die Lautsprecheraufforderung des Bademeisters zu einem Wellenbaderlebnis und schlief ein.

Etwas knabberte unentwegt an meinem linken Ohr, ganz zart und klein und rattig. Irgendetwas knabberte an meinem anderen Ohr, gar nicht so zart und sehr menschig mit ganz samtigen Lippen. Jetzt knabberte auch noch etwas an meinem Fuß und kicherte unentwegt.

Mein Herz klopfte und ich stellte mich schlafend.

Der rechte Ohrknabberer bewegte sich nun langsam voran und fing an, ganz zart in meinen Nacken zu beißen. Meine Haare sträubten sich.

Ja, beiß sie! Pack sie am Nacken und schmeiß sie in den Rhein! Sie hat es nicht anders verdient. Ab nach Kassel!

Steffen kicherte an meinem Fußende. Das Geknabbere ging immer weiter, kitzelte, ich fing an zu lachen und drehte mich um. »Hört auf! Ich ergebe mich. Ich gehe freiwillig!« Flucht!

Schnell stand ich auf, rannte die Böschung hinunter und ließ mich in den Rhein gleiten, die ganze Rattenplage schreiend hinter mir her. Wir schwammen um die Wette und ließen uns von der Strömung bis zur nächsten Buhne tragen. Die Rheinströmung ist so stark, dass man aufpassen muss, dass man nicht zu weit mitgezogen wird und dann ewig zurücklaufen muss.

Deniz hatte Steffen im Rettungsschwimmergriff gepackt und zog ihn ans Ufer.

»Sonst wird uns der Kleine noch bis Holland getrieben und er spricht doch kein Holländisch.«

Wir setzten uns ans Ufer und rubbelten uns mit der Hand das Wasser aus den Haaren. Elfriede schüttelte sich und strich sich ihre Barthaare glatt.

»Das hat Spaß gemacht«, sagte Steffen strahlend. »Kommt ihr jetzt mit ins Nichtschwimmerbecken? Ich zeig euch, wie weit ich tauchen kann.«

Deniz zog die Augenbrauen hoch und schaute mich fragend an. Ich nickte ergeben. »Okay, wenn es sein muss. Aber Elfriede, du bleibst besser hier!«

Ich machte aus meinen Armen ein kleines Körbchen und brachte sie unauffällig zurück zu unserem Platz. Steffen holte noch schnell sein Krokodil und dann trabten wir Richtung Nichtschwimmerbecken. Dort setzten wir uns auf die gekachelten Stufen und schauten Steffen zu, wie er mit seinem Krokodil verwegene Kreise zog und unverdrossen versuchte darunter durchzutauchen, um prustend wie ein nasser Seehund auf der gleichen Seite aufzutauchen, weil sich das Krokodil immer wieder von ihm wegbewegte.

Jedes Mal schaute er zu uns herüber und rief: »Habt ihr gesehen, wie ich das gemacht habe?«

Deniz applaudierte. Ich vermied tunlichst, ihn anzusehen, da mein Ohr und mein Nacken immer noch das menschige Geknabbere in Erinnerung hatten.

Wir ließen uns langsam in das seichte Wasser gleiten, stützten uns mit den Ellenbogen auf und schauten in den Himmel. Deniz lag neben mir und runzelte nachdenklich die Stirn.

»Hab ich dir eigentlich schon einmal erzählt, wie Seelöwen Liebe machen?«, fragte er ganz beiläufig und kickte einem kleinen Mädchen einen Ball zu, der in unsere Richtung getrieben war.

»Nein«, antwortete ich, so cool ich konnte, »kann man sich ja auch schlecht vorstellen.«

»Nun ja, so!« Und damit warf er sich mit Riesengeheul auf mich. Ich schluckte Wasser, schimpfte, hielt mich an ihm fest, wir kullerten im Wasser umher und es spritzte seelöwenmäßig. Die Mamis schauten pikiert, die Knuddelbeine standen um uns herum und vergaßen, mit ihren Gießkännchen das Wasser zu gießen. Ich hielt mich an Deniz fest und legte mein Gesicht an seinen Hals, roch Sonnencreme und Haut, spürte Lippen und den Sommer. Es gibt Viren, da bricht irgendwann das ganze Abwehrsystem zusammen und du kannst rein gar nichts dagegen machen.

Der Auszug aus Ägypten hatte begonnen. Dunkle Wolken hatten sich schon seit langem am Himmel getürmt, und von Westen her erhellte regelmäßig bedrohliches Wetterleuchten den Himmel und gab, neuerdings mit verhaltenem Donnergrummeln vermischt, auch den noch Zögernden eindeutige Signale zum Aufbruch. Zwischendurch rissen kräftige Windböen an den sorgfältig zusammengepackten Bündeln und schafften es, den einen oder anderen Ball herauszulösen und kleine Babys ihrer Sonnenhütchen zu berauben, um wilde Verfolgungsjagden auszulösen.

Steffen ließ die Luft aus seinem Krokodil heraus und rollte es zu einem kleinen, ungefährlichen Bündel zusammen. Deniz hatte Elfriede in dem leeren Essenskorb verstaut und sie beruhigt. Sie fürchtete sich vor Gewittern. Man fasst es nicht!

Vor dem Schwimmbad teilte sich der Menschenstrom. Ein Teil wanderte mit Kind und Kegel zu den Autos, ein weiterer Teil ließ sich von der Straßenbahn ins Gelobte Land bringen und Deniz, Steffen und ich reihten uns in die tapfere Riege der Radfahrer ein. Ich flüsterte Steffen etwas ins Ohr, er strahlte, sprang auf sein Rad und sauste davon. Dann drehte er sich noch einmal um, winkte uns zu, konnte gerade noch einen Zusammenstoß mit einem anderen Radfahrer verhindern und dann war sein blonder Lockenschopf endgültig in der Menge verschwunden.

Deniz schaute mich fragend an. »Und was war das jetzt? Warum hast du ihn weggeschickt?«

»Ich muss mit dir reden.«

Siedend heiß fiel mir dabei das Gesicht meiner Mutter ein, und ich hoffte inständig, dass ich in diesem Moment nicht so aussah wie sie, und vor allem, dass mein Gespräch mit Deniz nicht so enden würde wie Gespräche dieser Art mit meiner Mutter. Ich wusste auch, dass ich nicht besonders gut im Reden mit Menschen war, wenn ich nicht die gesamte Kontrolle hatte und womöglich Kritik einstecken musste. Keine Streitkultur, wie der Trinker einmal, nicht ganz unzutreffend, bemerkt hatte.

»Also, setz dich!«, forderte ich Deniz unmissverständlich auf und deutete auf den Fahrradständer.

»Sag mal, bist du jetzt total durchgeknallt? Meinst du, ich setze mich *hier* auf diesen Fahrradständer, mit tausend schreienden Kindern um uns herum? Wo gleich ein Riesengewitter losgeht? Ich kann mir schönere Plätze zum Reden vorstellen«, protestierte er.

Nun, das fing ja schon gut an! Endlich hatte ich mich zu einem Gespräch durchgerungen und dann so eine Reaktion!

Er zerrte mich am Ärmel. »Komm schon, gleich fängt es tierisch an zu regnen!« Er schwang sich auf sein Rad, und mir blieb nichts anderes übrig, als ihm hinterherzufahren. Und wenn man sich einmal in diesem Heimkehrerpulk befindet, ist man mitgefangen, mitgehangen. Das Anhalten einer einzelnen Person würde eine Massenkollision auslösen, mit Steinigung des Verursachers.

Dicke Regentropfen fielen vereinzelt wie Geschosse aus dem Himmel, prallten auf dem heißen Sand des Radwegs auf und schlugen kleine Sandkrater, aus denen augenblicklich der Geruch von Feuchtigkeit entstieg. Ich atmete tief ein.

Ich liebe diese Situationen zwischen zwei Zuständen. Nicht mehr das eine und noch nicht das andere. Ein kurzer Zeitpunkt in der Schwebe.

Aber, wie gesagt, nur kurz. Denn nun fing es wie aus dem Nichts heraus so gnadenlos an zu regnen, dass der ganze Radfahrerpulk in null Komma nichts auseinander stob, sich in Büsche, unter Bäume und Schlauchboote rettete. Deniz machte mir ein Zeichen und deutete nach vorn zu einer Betonbrücke, über die der Verteilerverkehr in alle Richtungen rauschte. Eine Horde Motorradfahrer hatte schon Zuflucht unter der Brücke gefunden.

Wilde Graffiti gaben dem ganzen Szenario eine unwirkliche Atmosphäre. Japanische Mangafiguren sprangen aus dem Beton und boxten mit entschlossenem Gesicht, blauen Haaren, weit aufgerissenen grünen Augen und übergroßer, nach vorn gereckter Faust in die Luft. Selbst ernannte Künstler hatten ihre abstrakte Sicht der Welt auf diese riesige Leinwand gesprüht und über allem breiteten sich die riesigen Flügel einer überdimensionalen Fledermaus aus. Das musste ich Elfriede zeigen.

In einer Ecke wuchs ein einsamer Holunderstrauch und verdeckte teilweise das Liebesbekenntnis eines Unbekannten: »I love Rita!« Das »love« war aber sinnigerweise durchgestrichen worden und darunter hatte ein sich wohl originell vorkommender Idiot »fuck« gesprüht.

Deniz entließ eine begeisterte Elfriede. *Hm, wie schön es hier riecht, und der Müll! Vielleicht treffe ich hier ein paar Genossen.* Und dabei stieß sie übermütig mit ihrer Schnauze gegen ein paar leere Bierdosen, was ein schepperndes, polterndes Echo hervorrief, und schnüffelte interessiert an einer weggeworfenen Plastiktüte. *Können wir das nächste Mal nicht gleich hierher gehen?*

Deniz legte seine alte Decke auf den Boden und machte eine einladende Geste.

»Ist doch ganz gemütlich, ein schönes Plätzchen. Hier können wir reden.« Er setzte sich, schaute mich erwartungsvoll an und sagte: »Also, was gibt's?«

Nun ja, warum eigentlich nicht? Regenvorhänge hatten uns von der Außenwelt auf bestimmte Zeit abgetrennt, und ein unmusikalischer Motorradfahrer, der auf Altrocker machte, betrieb musikalische Umweltverschmutzung, indem er lauthals »The answer my friend is blowing in the wind« sang und sich an der geilen Akustik ergötzte.

»Ein wunderschönes Plätzchen zum Reden, wahrhaftig«, sagte ich, um noch ein wenig Zeit zu schinden, aber Deniz ging nicht darauf ein, sondern wartete gelassen.

»Also«, ich holte tief Atem und zählte an meinen Fingern ab: »Zwei Dinge möchte ich von dir wissen. Erstens: Warum hast du mich am Anfang Zerschmetterling genannt und danach nie wieder? Und zweitens: Wenn du glaubst, dass ich eine hohle, eingebildete Nuss bin, warum läufst du mir dann dauernd hinterher?«

Deniz senkte den Kopf und grinste unverschämt vor sich hin.

Ich deckte ihn mit einer Boxattacke ein. »Eij, du brauchst überhaupt nicht zu lachen, du Blödmann. Das ist ein ernstes Gespräch!«

Elfriede hatte ihre Müllinspektion beendet, setzte sich auf Deniz' Schoß und legte interessiert das Pfötchen unter ihr Kinn. Sie dachte, sie müsse nun auch noch ihren Senf dazugeben, und meinte: *Hätte er dich vielleicht »Zer« nennen sollen. Hey, Zer, komm doch mal her, wo hast du denn deinen Schmetterling gelassen?*

»Gib Ruhe, Elfriede!«

»Du hast mir doch gesagt, ich soll dich nie mehr so nennen, und wie du weißt, gehorche ich dir aufs Wort«, sagte Deniz nun endlich. »Na, unser Verhältnis war ja eigentlich nie so, dass Koseworte angebracht gewesen wären, oder? Aber am Anfang hast du so etwas Zerbrechliches gehabt, das hat mir gefallen, und gleichzeitig auch eine unglaubliche Stärke, das hat mir auch gefallen. Und dann war ja fast nur noch Schlagabtausch. Wumm! Bäng! Crash!

nach allen Seiten. Wann hätte ich dich also so nennen sollen?«

Der Regenvorhang begann sich zu lichten und man konnte den dampfenden Asphalt sehen.

»Komm, setz dich neben mich!«, sagte er dann. Ich rückte etwas näher und Deniz nahm meine Hand und massierte mir die Finger. »Wie man bei dieser Hitze nur so kalte Finger haben kann! Und außerdem würde ich dich jetzt sowieso anders nennen.«

Er nahm meinen kleinen Finger und knabberte vorsichtig daran herum. Elfriedes Einfluss auf ihn war unübersehbar.

»Wie?«, fragte ich leise.

Er beugte sich zu mir herüber, legte seinen Arm um meine Schulter, zog mich zu sich heran und flüsterte mir etwas ins Ohr.

Elfriede setzte sich in Pose, tat entrüstet und zeterte: *Ihr seid gemein. Ich will es auch wissen, wie er jetzt zu dir sagt. Wer, wenn nicht ich, hat ein Recht darauf, es zu erfahren? Wahrscheinlich sagt er Pumuckl zu dir, du mit deinen roten Haaren!*

Ich lächelte, schüttelte den Kopf und tat geheimnisvoll. Elfriede düste beleidigt von dannen.

»So, und was ist mit Frage zwei?« Ich schaute Deniz streng an und hoffte inständig, er würde sanft mit mir umgehen. Wer will schon als hohle Nuss dastehen? Ich jedenfalls nicht.

Deniz stand auf. Ich auch. Er schaute zum Himmel und sagte: »Es hat schon fast aufgehört zu regnen.«

»Lenk nicht ab und gib mir endlich eine Antwort!«

»Ja, Nadja, es fällt mir ja ungeheuer schwer, dir das zu sagen, und ich weiß gar nicht, wie ich das formulieren soll. Also, ich steh einfach auf hohle Nüsse. Wenn mir eine über den Weg läuft, bin ich verloren. Ich muss ihr einfach hinterherlaufen.« Und mit einer pathetischen Geste hob er beide Arme in die Luft, zuckte mit den Schultern und nahm mich in die Arme.

Die Motorradgang klatschte, und Elfriede, die plötzlich wieder aufgetaucht war, sagte pikiert: *Man kann mit euch nirgends hingehen. Außerdem bin ich ja wohl überflüssig. Ich möchte heim zu meinem Rattenroman!*

Ihr Wunsch war uns Befehl. Wir stiegen auf unsere Räder und fuhren schweigend nach Hause.

Hochinfiziert!

Anton

Als wir uns alle am ersten Schultag in unserem neuen Klassenzimmer trafen und begrüßten, sahen wir, dass in der Elternsprechecke vor unserem Zimmer ein Typ rumhing, den wir noch nie gesehen hatten.

Benny schmiss angewidert seine Schultasche auf die Bank und grummelte vor sich hin: »Kommt der vielleicht zu uns? Sind wir hier eigentlich das Auffangbecken für jedes Gesocks?«

Sein Fanclub schaute zu mir in Erwartung einer entsprechenden Replik. Ich war ja die Letzte gewesen, die neu in die Klasse gekommen war. Benny konnte einem manchmal ziemlich auf die Nerven gehen.

Ich legte ihm meinen Arm um die Schulter und sagte mit einfühlsamer Stimme: »Hey, sei nicht so! Ich nehme an, die Lehrer haben sich ziemlich genau überlegt, wohin sie das Gesocks schicken können, und da sind sie offenbar nach dem Prinzip der Ähnlichkeit vorgegangen und haben gedacht, so, den setzen wir neben den Bornemann.«

Mit einer kleinen eleganten Verbeugung in Richtung meiner Klassenkameraden sackte ich das erwartete Gelächter ein, Deniz grinste vor sich hin. Benny wollte zu einer Gegenattacke ansetzen, wurde aber von Herrn Wetekamp, der mit dem »Gesocks« im Schlepptau hereinkam, ausgebremst.

Da stand er vor uns, der Neue – braune Haare, ordentlich gescheitelt, in einem blauen Kleidungsstück, das man im weitesten Sinne als Blouson bezeichnen könnte, schwarzen Hosen mit drei weißen Streifen an der Seite – und wurde uns als Anton Müller aus Kasachstan vorgestellt. Er bekam rote Flecken am Hals und nestelte verzweifelt an seiner Brille, als einige bei der Namensnennung in unkontrolliertes Gelächter ausbrachen, das sie hinter vorgehaltener Hand zu verstecken versuchten.

Herr Wetekamp schüttelte den Kopf, klopfte dem Neuen beruhigend auf die Schulter und sagte: »Lassen Sie sich nicht irritieren, Herr Müller. In dieser Klasse gibt es noch einige spät pubertierende Jünglinge, die noch nie mit dem Ernst des Lebens konfrontiert worden sind.« Und mit einem Blick auf eine hochrot kichernde Susie: »Und offensichtlich ein ziemlich albernes Mädchen. Aber sonst sind sie im Großen und Ganzen in Ordnung.« Er schaute suchend im Klassenzimmer umher und sein Blick blieb auf dem einzigen leeren Platz hängen. »Sie setzen sich am besten neben Bornemann. Da sind Sie sicherlich gut aufgehoben.«

Brüllendes Gelächter auf allen Rängen, dieses Mal offen und mit Beifall klatschenden Händen. Rote Flecken am Hals von Bornemann.

Deniz wandte sich um und nickte mir zu. Ich wusste sofort, was er meinte.

Am nächsten Tag ging ich zu Anton Müller und sagte

zu ihm: »Kann ich dich nach der Schule mal sprechen? Du könntest mir einen Gefallen tun.«

Er schaute mich verstört und mit großen Augen hinter seiner Brille an und stotterte: »Ja, natürlich. Klar.«

»Gut, also dann nach der Schule. An der Bank unter der alten Kastanie im Schulhof.«

Er saß schon da, mit nach vorn gebeugten Schultern wie ein Häufchen Elend, und sah mich misstrauisch an.

Ich öffnete vorsichtig meinen Turnbeutel, holte Elfriede heraus und setzte sie ihm auf den Schoß. »Das ist Elfriede. Ich glaube, du kannst sie gebrauchen. Ich brauche sie nicht mehr!«

Er sperrte den Mund auf und machte ihn dann langsam wieder zu.

Ich nahm mein Fahrrad, fuhr noch eine gemächliche Schleife um ihn herum und sagte ganz beiläufig: »Übrigens, sie kann sprechen.«

© Beltz & Gelberg

Eva-Maria Schmid

Eva-Maria Schmid, geb. 1954 in Kalsruhe, studierte in Freiburg, Stuttgart und Toronto Germanistik und Anglistik und unterrichtet als Lehrerin an einem Gymnasium. Sie hat zwei erwachsene Kinder und lebt am Bodensee. *Ein krasser Sommer* ist ihr erster Roman.